Pernilla Glaser

Tanz auf dünnem Eis

SERIE PIPER

Zu diesem Buch

Sie ist sehr jung, sehr talentiert, und man sagt ihr eine große Karriere als Theaterregisseurin voraus. Alles läuft gut, sie verliebt sich. Zuerst ganz leise, zaghaft, weil er Mitglied der Truppe ist, mit der sie ein neues Stück probt. Doch schnell wird aus dem zarten Gefühl eine leidenschaftliche Liebe, die sie mit Haut und Haaren packt. Als wäre das, was ihnen widerfährt, zu groß und zu schön, bricht das Unglück über sie herein: sein besiegt geglaubtes Krebsleiden. Sie nehmen den Kampf auf, zuerst zuversichtlich und hoffnungsvoll, schließlich sehnen sie nur das Ende der Schmerzen herbei. Zugleich fragt sie sich, was sie für ihn tun kann, was sie aber auch für sich tun muss, um nicht nur zu überleben, sondern auch allein weiterzuleben. In beeindruckend klarer und unsentimentaler Sprache berichtet Pernilla Glaser von der Begegnung mit dem Tod und dem unwiederbringlichen Verlust einer großen Liebe.

Pernilla Glaser, geboren 1972 in Stockholm, arbeitet als Theaterregisseurin, unter anderem mit der Gruppe Cirkus Tigerbrand, und lehrt Dramaturgie. »Tanz auf dünnem Eis« ist ihr erstes Buch.

Pernilla Glaser
Tanz auf dünnem Eis

Aus dem Schwedischen von
Birgitta Kicherer

Piper München Zürich

Ungekürzte Taschenbuchausgabe
Piper Verlag GmbH, München
Oktober 2001

Titel der schwedischen Originalausgabe:
»Robson«, Albert Bonniers Förlag, Stockholm 1995

Umschlag: Büro Hamburg
Stefanie Oberbeck, Meike Teubner
Foto Umschlagvorderseite: Bavaria Bildagentur
Foto Umschlagrückseite: Susanna Asklöf
Satz: H & G Herstellung, Hamburg
Druck und Bindung: Clausen & Bosse, Leck
Printed in Germany ISBN 3-492-23419-4

Für alle, die mich in den Armen gehalten und an mich gedacht haben.
Für alle, die mit mir gesprochen und mir zugehört haben.
Für alle, die mit mir gegessen und bei mir übernachtet haben und mir bei tausend praktischen Dingen behilflich gewesen sind.
Für alle, die ich rund um die Uhr anrufen durfte und die dann auch kamen.
Ihr habt mich nicht vergessen lassen, dass es euch gab.
Danke.

Ich bin zwei.

Ich bin davor und danach.

Ich bin zweiundzwanzig, und mein Mann ist vor drei Monaten gestorben. Das wiederhole ich mir immer wieder, immer wieder. Aber ich glaube es nicht.

Ich bin davor.

Mir ist etwas so Großes widerfahren, dass es mich von Grund auf verändert hat, das weiß ich. Aber an der Entscheidung war ich nicht beteiligt und ich wurde vor keine faire Wahl gestellt.

In meinem Innern kann ich nicht akzeptieren, dass es passiert ist.

Das alles ist einer anderen Person passiert. Einer Person, die ich von weitem sehe, aus der Ferne.

Der Heimgesuchten.

Wenn ich zu verstehen versuche, dass diese Person trotz allem ich bin, steigt sofort Bitterkeit in mir auf.

Jetzt weiß ich, dass der, den ich liebe, für immer verschwindet.

In Zukunft werde ich für niemand mehr etwas empfinden.

Wozu existiere ich dann überhaupt?

Davor

Robson Hedin, in Rio de Janeiro, Brasilien, unter dem Namen Robson Martins de Freitas geboren. Sohn eines Vaters, den er nie kennen gelernt hat.

Sohn von Laudelina. Laudelina, die sich bewusst einen kleinen Mann als Vater ihres Kindes aussuchte, um damit die Erbanlagen ihres eigenen, fast zwei Meter großen Körpers auszugleichen.

Robson wurde trotzdem groß. In seinem braunen Gesicht fanden sich Spuren indianischer, afrikanischer und europäischer Vorfahren.

Als Robson noch sehr klein ist, trifft Laudelina Svenne, einen Seemann von der Insel Gotland.

Svenne wird Robsons neuer Vater und Hedin Robsons neuer Nachname.

Beim Fußball in den Favelas, den Slums von Rio, ist Robson der Einzige, der Schuhe an den Füßen hat. Später fragte er sich immer wieder, wie die anderen Kinder es wohl schafften, barfuß zu spielen.

Dann bekommt Robson eine kleine Schwester, Elaine, mit der er bei Ebbe am Strand Krabben fängt.

Als Robson sieben Jahre alt ist, möchte Svenne mit seiner Familie nach Gotland zurückkehren. Robson wird seiner Patin anvertraut, der Rest der Familie fährt voraus. Ein Jahr lang bleibt Robson noch in Rio. Mir sagt er, die lange Trennung von seiner Mutter sei kein Problem gewesen. Allerdings kann er sich an jene Zeit kaum erinnern.

1980 sieht Robson zum ersten Mal Schnee. Er ist acht Jahre alt und steht in einem dunkelblauen Samtanzug, der ihm zu klein ist, auf dem Flughafen von Kopenhagen und möchte den Schnee essen.

»Romsom« hatte ich vor unserem ersten Treffen in meinen Kalender geschrieben. Die Frühlingssonne strömte durch meine schmutzigen Fenster und der Staubsauger lag quer über den Eingangsflur, als ich, in einer blauen Latzhose und mit gezücktem Staubtuch, die Tür öffnete. Du bist direkt von deinem Job als Gepäckkarrenfahrer am Bahnhof gekommen. Wir saßen im Wohnzimmer, und ich erklärte dir das Theaterstück, für das ich Schauspieler suchte. Die Theatergruppe Cirkus Tigerbrand plante die Aufführung des Stücks »Ein schwedischer Neger«, das von dem Fremden aus Afrika handelt, der in eine schwedische Schulklasse kommt. Alles war so weit geklärt, bis auf die Hauptrolle.

Die Bühnenbildner kamen vorbei, du stelltest dich vor und ich änderte meinen Kalendereintrag. Nachdem du dich verabschiedet hattest, unterhielt ich mich mit den anderen über dich. Wir sprachen darüber, dass du keine Erfahrung hattest, nichts als den Theaterkurs im Gymnasium und ab und zu einen Job als Statist. Aber es war dir sehr wichtig, das hatten wir gemerkt.

Kurz darauf riefst du an. Du seist dir nicht sicher, ob du es deutlich genug gemacht hättest, wie viel dir an der Rolle gelegen sei. Deine Hartnäckigkeit überzeugte mich. Du bekamst die Rolle.

August 1992

Du kommst in den Probenraum. Schwarze Jeans, ein rotes R in Leder überm Geschlecht, eng anliegender Pulli, ums Handgelenk ein Armband aus Lappland. Du hast dein Haar dicht über dem Kopf in kurze Zöpfchen aus Kunsthaar eingeflochten. Unterm Arm hast du einen Motorradhelm. Ich frage dich, ob ich irgendwann mal mitfahren darf, bin nämlich noch nie Motorrad gefahren.

Am nächsten Tag bringst du einen Extrahelm mit. Du wartest, bis ich meine Arbeit im Theater beendet habe, und fährst mich dann nach Hause. Ich lade dich zu einer Tasse Tee ein. Wir sitzen in meiner Küche und unterhalten uns über Beziehungen. Ich sage, dass ich seit einiger Zeit alleine lebe, und erzähle von meiner Sehnsucht nach einem Mann, mit dem man Spaß haben und bei dem man sich dennoch geborgen fühlen kann. Du hast vor kurzem eine Beziehung beendet. Jetzt hast du keine Lust mehr herumzuexperimentieren, hast genug von den ganzen Problemen.

Aus deinen Augen spricht großer Ernst, aber auch Neugier und Wärme. Ich werde ebenfalls neugierig, möchte wissen, wer du bist. Zwar rede ich mir ein, ich würde nur meine Pflicht als Regisseurin erfüllen und zu einem neuen Mitarbeiter ganz normal nett sein, doch dann kann ich mir die Überlegung doch nicht verkneifen, auf welchen Typ Frau du wohl stehst.

Du lässt deine teure Fotoausrüstung in meinem Flur liegen.

Beinahe täglich fährst du mich auf deinem Motorrad nach Hause. Ich finde es wundervoll, hinter dir zu sitzen, den Wind zu spüren und die Stadt vorbeisausen zu sehen. Oft fährst du einen Umweg, einfach so, weil es schön ist. Wir fahren auf die Insel Långholmen hinaus und sehen die Sonne untergehen, und ich sage zum Spaß, das hier sei das perfekte Szenario für einen Liebesfilm.

Eines Abends, als wir uns auf dem Heimweg einen Hamburger genehmigen, erzählst du von deinem Gehirntumor. Wir sitzen im Freien, und es ist so dunkel, dass ich dein Gesicht kaum sehen kann. Aber ich höre deine Stimme, die so seltsam leicht klingt. Du erzählst, dass du im Jahr nach dem Abitur doppelt gearbeitet hast: im Zimmerservice eines Hotels und als Statist am Theater. Deine Kopfschmerzen hattest du lange auf Stress und Erschöpfung geschoben. Aber als du an Weihnachten zu deinen Großeltern nach Gotland fuhrst, wurden die Schmerzen so heftig, dass du den Kopf kaum noch aufrecht halten konntest. Deine Tante brachte dich ins Krankenhaus. Du hattest einen Gehirntumor so groß wie ein Tischtennisball. An deinem neunzehnten Geburtstag wurdest du nach Göteborg, wo Laudelina wohnt, ins Sahlgren'sche Krankenhaus geflogen, um dort operiert zu werden.

Geschockt frage ich, wie das für dich war. Das Einzige, woran ich denken konnte, waren meine Haare, antwortest du.

Deine langen schwarzen Locken, auf die du so stolz warst. Während der Strahlentherapie sind sie dir ausgegangen. Als sie wieder nachwuchsen, waren sie kurz, dünn und weich wie bei einem Säugling.

Aber das ist jetzt überstanden, sagst du. Jetzt bin ich gesund.

Eines Abends stellen wir das Motorrad bei Sergels Torg ab und mischen uns ins Gewimmel des Wasserfestivals. Auf der Bühne neben dem Schloss spielt eine Funkband. Du hebst mich auf deine Schultern und so schaukle ich stundenlang über dem Menschenmeer.

Beim Mittagessen mit meiner Schwester Rebecka erzähle ich von dir. Ich erzähle von unseren Motorradfahrten und beschreibe, wie froh du mich machst und wie wohltuend ich es empfinde, so sehr ich selbst sein zu dürfen. Als ich anfange, Rebecka zu erklären, dass ich auf keinen Fall eine Liebesbeziehung mit dir haben möchte und dass du auch überhaupt nicht dem Bild entsprichst, das ich mir von dem Mann, den ich mir wünsche, gemacht habe, rutscht mir die Gabel aus und meine Pommes frites stieben über den Teppich. Rebecka sieht mich an und lächelt und ich werde rot.

Eines Abends spät nach der Probe stehen wir neben deinem Motorrad.

Ich muss dir etwas gestehen, sage ich.

Was denn, was musst du gestehen?, fragst du erschrocken.

Ich habe Hunger, antworte ich und komme mir albern vor.

Wir essen bei McDonald's und unterhalten uns lachend über die Zeit, als wir Teenager waren. Dann spielen wir am Flipperautomaten, und nachdem du mich zum zwanzigsten Mal besiegt hast, siehst du mich auffordernd an und fragst: Und was machen wir jetzt?

Ich lade dich auf eine Tasse Tee zu mir ein. Weil dir der Rücken wehtut, streckst du dich auf dem Sofa aus. Wir überlegen, ob du einen Muskel gezerrt hast. Du knöpfst deine Latzhose auf, ziehst deinen Pulli aus und dann hocke ich mich rittlings auf deinen Po und massiere dir den Rücken. Als ich fertig bin, drehst du dich um und wölbst mir deinen nackten Brustkorb entgegen. Jetzt muss *ich* dir etwas gestehen, sagst du, nämlich, dass ich manchmal so eine bestimmte Art von Interesse für dich empfinde. Soll ich mir das abschminken, oder? Ich starre auf deine Brust und sage mit möglichst ruhiger Stimme: Ich habe auch gespürt, dass etwas zwischen uns ist. Aber ich will, dass wir sehr vorsichtig damit umgehen, schließlich müssen wir noch sehr lange zusammen arbeiten.

Dann bringe ich dich an die Tür und sage Gute Nacht. Du fragst, ob ich wirklich will, dass du gehst. Ich sage ja, umarme dich und wickle dabei eines meiner Beine um deins. Später sagst du, als ich dich *so* umarmte, seist du überzeugt gewesen, dass ich dich haben wolle.

Am nächsten Tag jobbe ich in der Bingohalle. Ich kann an nichts anderes denken als an dich. Ich seufze und verschütte alles und stolpere durch die Gegend. Dann lege ich mich im Aufenthaltsraum auf die Couch und starre an die Decke. Als mein Chef sich erkundigt, was mit mir los sei, frage ich ihn, wie man mit dem Leben und der Liebe klarkommen soll. Er schüttelt den Kopf und zieht sich in sein Büro zurück.

Schließlich rufe ich dich an und wir verabreden uns für den Abend.

Nach dem Duschen ziehe ich meine gepünktelte Bluse an und esse ein paar Erdbeeren. Wenn wir uns küssen, möchte ich nach Sommer schmecken.

Wir sitzen auf deinem Sofa.

Warst du gestern Abend traurig, weil ich wollte, dass du gehst?, frage ich.

Ich hatte eine eiskalte Abfuhr erwartet. Bin den ganzen Tag wie auf Wolken geschwebt, antwortest du.

Ich hab wahrscheinlich ganz einfach Angst, sage ich.

Wer hat schon keinen Schiss, sagst du und lachst.

Wir spazieren rüber zum Wasserfestival. Du legst deinen Arm um mich. Ein gewaltiger Menschenstrom zieht in die entgegengesetzte Richtung, und das bedeutet wohl, dass der Spaß jetzt zu Ende ist.

Wir gehen zu mir nach Hause. In meinem Flur steht Rebecka in einem Kleidermeer. Sie hat noch ihren Schlüssel aus der Zeit, als wir zu zweit hier wohnten. Jetzt durchwühlt sie meinen Schrank nach einem Kleidungsstück, das sie am Abend tragen könnte. Wir setzen uns an den Küchentisch und trinken Tee. Rebecka raucht und wartet auf einen Freund, der sie abholen soll. Ihr unterhaltet euch über die Kneipenszene und tauscht Erfahrungen über eure diversen Kellnerjobs aus. Ich sitze ausnahmsweise ganz still daneben und spüre mein Herz klopfen.

Als Rebecka gegangen ist, fange ich an, nervös irgendwas zu plappern. Du streichelst meinen Arm mit den Fingerspitzen, da verstumme ich, seufze.

Was soll ich nur mit dir anstellen?, frage ich.

Komm, lass uns tanzen, sagst du.

Du legst die träumerische Musik von Enya auf und nimmst mich in die Arme.

Ich sehe in deine dunklen, freundlichen Augen und bitte dich, mich zu küssen.

Als wir zu Boden sinken und ich beginne, an deinen Kleidern zu zerren, hebst du mich auf und trägst mich zum Bett.

Das Mondlicht strömt direkt ins Zimmer herein.

Du knöpfst meine Bluse auf und stöhnst: Mein Gott, so was Schönes.

Ich betaste deinen starken Körper und deinen samtigen Nacken, mit den Narben als seidigen Ausrufezeichen.

Du, ich und dein Freund Herbert sitzen abends in meinem Wohnzimmer. Du spielst an deinen falschen Zöpfen herum, bis sie so verfilzt sind, dass du uns bitten musst, sie zu entflechten.

Also lösen Herbert und ich Zopf für Zopf auf und lassen sie rings um dich auf den Boden fallen. Deine Kopfhaut ist empfindlich, und du bist nervös. Als wir nach Stunden endlich fertig sind, ist dein Kopf nur noch von deinen eigenen, fleckenweise wachsenden Haaren bedeckt. Du bist schweißgebadet und sitzt mit gesenkten Augen da. Nachdem Herbert gegangen ist, nehme ich dich in die Arme und sage, dass ich dich liebe.

Ich habe mir vorgenommen, den restlichen Sommer in der Bingohalle zu jobben und anschließend die Proben für »Ein schwedischer Neger« wieder in Angriff zu nehmen. Du dagegen bist der Ansicht, dass wir beide Urlaub brauchen, und schlägst einen Last-Minute-Flug vor. Mein Vater spendiert mir ein Taschengeld, du lässt dich krankschreiben und ich nehme mir frei.

Wir fliegen nach Teneriffa, in ein kleines Hotel am Fuß der blauen Berge.

Morgens schlafen wir lange. Dann breiten wir uns am Strand aus. Du schwimmst ausgiebig, während ich auf einem Tuch liege und lese. Auf dem Weg zurück ins Hotel kaufen wir Tomaten, Käse, Brot, Schinken und Bier. Wir essen auf dem Balkon, danach dösen wir in unserem Zimmer. Ich denke darüber nach, wie wenig ich dich eigentlich kenne, und frage mich, wie unsere Beziehung sich gestalten wird, wenn wir wieder in Stockholm sind. Spannend, diese Ungewissheit! Während unserer Siesta in der Nachmittagshitze wache ich davon auf, dass wir uns lieben.

Jeden Tag massiere ich deinen Rücken, der mehr und mehr schmerzt. Wenn es dunkel geworden ist, gehen wir zu dem abgelegenen kleinen Restaurant hinunter, das sich mit seinen abgewetzten Holzmöbeln und rot karierten Tischdecken hinter einer Mauer versteckt. Dort essen wir zu Abend, von blühenden Büschen umgeben.

Ti amo, sagst du.

Wir sitzen auf der Mole und sehen die Sonne im Meer untergehen.

Wir sprechen über deinen Gehirntumor. Ich will wissen, was diese ganze Sache bei dir bewirkt hat.

Du sagst, du hättest nicht allzu viele Gedanken daran verschwendet. In der Zeit nach der Operation hättest du so brutale Witze darüber gerissen, dass es deinen Freunden peinlich gewesen sei. Bestimmt habe deine Erkrankung damit zu tun gehabt, dass du zu viel gearbeitet hättest.

Jetzt, sagst du, habe ich gelernt, alles mit der Ruhe zu nehmen.

SEPTEMBER UND OKTOBER 1992

Wieder in Stockholm, der Herbst beginnt. Cirkus Tigerbrand probt »Ein schwedischer Neger«. Ich hänge meinen Job in der Bingohalle an den Nagel und belege einen Kurs in der Erwachsenenbildung. Die Schule liegt gleich um die Ecke bei deiner Wohnung. Manchmal renne ich in der Mittagspause zu dir hinauf, dann lieben wir uns schnell auf dem Sofa.

Ich ziehe um, in ein kleines Zimmer im Erdgeschoss im Haus meiner Mutter. Das Zimmer ist sehr spartanisch, ohne Dusche, und ich verbringe fast alle Zeit bei dir. Meine Sachen bleiben unausgepackt in den Umzugskartons liegen.

Du erwähnst immer wieder, dass wir eigentlich zusammenziehen könnten. Das stresst mich ein wenig, irgendwie ist es mir zu früh, aber gleichzeitig träume ich immer wieder von Hochzeiten und Kindern.

Deine Rückenschmerzen werden schlimmer. Du suchst einen Chiropraktiker auf, doch der kann dir nicht helfen. Schließlich musst du dich von deinem Job als Gepäckkarrenfahrer krankschreiben lassen. Ich werde auch krank, liege auf deinem Sofa, esse Eis und habe ein schlechtes Gewissen wegen der Theatergruppe. Du kochst für uns und pflegst mich liebevoll. Später habe ich mich gefragt, ob ich damals schon ahnte, was kommen würde und mir meine eigene Erholung als Vorschuss holte.

Inzwischen brauchst du vor jeder Probe eine Massage, und deine Schmerzen lassen nur dann völlig nach, wenn wir uns lieben.

Du sprichst mit dem Arzt, der dich während deiner Strahlentherapie behandelt hat. Er gibt dir einen Röntgentermin und bittet dich, darauf zu achten, ob deine Füße und Beine gefühllos werden. Dabei erfährst du zum ersten Mal, dass der Gehirntumor, den du gehabt hast, erneut und in anderer Form auftauchen kann.

Im Laufe des folgenden Wochenendes werden dir allmählich die Füße taub und schließlich kannst du bis zur Hüfte hinauf nichts mehr fühlen. Am Montag fährst du zur Notaufnahme, um sofort geröntgt zu werden.

Sie behalten dich die Nacht über dort.

Am Tag darauf werden vier erbsengroße Metastasen an deinem Rückgrat festgestellt. Am Abend vor der Operation sitzen wir im Aufenthaltsraum der Station und spielen Karten. Du willst nicht, dass ich deine Familie anrufe, weil du das nach der Operation selbst tun möchtest. Die ganze Situation kommt uns unwirklich vor. Wir sprechen darüber wie über ein Projekt, das wir rasch und effektiv erledigen müssen, damit wir unsere Leben dann wieder aufnehmen können.

Sieben Stunden liegst du auf dem Operationstisch. Ich rufe von zu Hause aus ununterbrochen im Krankenhaus an. Mit jedem Gespräch komme ich mir mehr und mehr als Störenfried vor. Eine Krankenschwester trägt meinen Namen in deine Angehörigenkarte ein, wo bisher nur Laudelina stand. Als du schließlich wieder auf die Station zurückgebracht wirst, bist du für einen Besuch zu erschöpft und umnebelt. Es verletzt mich, dass du mich nicht sehen willst. Ich möchte die ganze Zeit bei dir sein. Gleichzeitig schäme ich mich, weil ich mich nicht wie selbstverständlich mit deinen Bedürfnissen und Wünschen abfinden kann.

Ich sitze mit meiner Freundin Irène in der Kneipe, trinke ein Knoblauchbier und zerbreche mir den Kopf darüber, wie das mit der Inszenierung weitergehen soll. Leicht erstaunt sage ich Irène, ich hätte schon alles versucht, aber ich könne mich nun mal für nichts anderes interessieren als für dich. Vielleicht müsse ich eine Pause einlegen, ein paar Tage oder so.

Irène schlägt zwei Monate vor.

Ich mache ein kleines Buch für dich. Klebe Fotos von uns ein und kleine Knöpfe, die die Tumoren darstellen sollen, zeichne dich im Krankenhausbett und hefte ein Pflaster über die Zeichnung.

Als der schlimmste Morphiumrausch nachgelassen hat, fühlst du dich sehr klein und ängstlich. Deine Augen sind voller Panik, als du mir sagst, du könntest von der Brust abwärts nichts mehr fühlen und deine Beine nicht mehr bewegen. Man erklärt uns, niemand wisse genau, wie viel Gefühl und Bewegungsfähigkeit du zurückgewinnen wirst.

Ich überlege, ob ich das Plakat von »Ein schwedischer Neger« an deine Tür hängen soll.

Ich ziehe in deine Wohnung. Nachts schlüpfe ich zum Schlafen in deine T-Shirts. Die Tage vergehen sehr langsam und kommen mir irgendwie kristallisch vor. Ich teile mir meine Zeit sehr genau ein. Nehme zu festen Zeiten kleine Mahlzeiten zu mir, lerne oder sitze lange am Fenster und schaue hinaus. Lesen oder fernsehen kann ich nicht. Nur die Violinkonzerte von Mozart höre ich mir immer wieder an. Die Musik streicht liebevoll über das dünne Eis meines Daseins. Jedes Mal, wenn im Treppenhaus der Aufzug hält, zucke ich zusammen, doch dann fällt mir ein, dass du ja in einem Bett in der Neurologie liegst.

Jeden Morgen wandere ich durch den Hagapark zum Krankenhaus. Im Park fand ich zwei Kastanien. Eine große, das bist du, und eine kleine, die bin ich. Ich lege sie auf den Tisch neben deinem Bett und lege mich dann zu dir. Inzwischen bist du nicht mehr so sehr verängstigt, jetzt bist du eher wütend. Du erklärst, dein Ziel sei, mich auf dem Fußboden unserer Wohnung zu lieben. Das sei jede Anstrengung wert. Ich sage: Diese Reise will ich mit dir antreten, immer in deiner Nähe. Für mich gibt es nur entweder – oder. Entweder ganz nah bei dir oder gar nicht. Du erzählst von der Zeit nach deinem Gehirntumor, wie du damals stark und unabhängig sein wolltest. Auch für mich willst du stark sein, doch jetzt ist das anders. Ich bin hier.

Du schwankst mit einer Gehhilfe auf Rädern durch die Krankenhausflure, versuchst deine Fußmuskeln zu entdecken und dahinter zu kommen, wie sich das eine Bein im Verhältnis zum anderen bewegt. Mit größter Konzentration gelingt es dir auszurechnen, wie du dich bewegen musst, um vorwärts zu kommen. Immer wieder fällst du hin, aber manchmal kehrt für einen Augenblick das Gefühl in deine Beine zurück. Mitten im Gespräch schläfst du plötzlich ein, hältst aber weiterhin meine Hand fest.

Traurig und verlegen erkläre ich dem Ensemble, warum ich zwei Monate lang verschwinden werde. Es fällt mir schwer, für das, was passiert ist, Worte zu finden. Erst nach einer gewissen Zeit schaffe ich es, von dir zu erzählen. Manche machen sich Sorgen, weil das Projekt aufgeschoben wird und sie nicht wissen, wie sie das mit ihren anderen Plänen vereinbaren sollen. Einer überlegt, was die Enthüllung, dass wir ein Paar sind, mit sich bringt. Die meisten nicken schweigend angesichts der Tatsachen, vielleicht überwältigt von diesem Ungeheuerlichen, das mich und die Inszenierung von jetzt an überschatten wird.

Laudelina kommt nach Stockholm. Als wir im Krankenhausflur auf dich zukommen, lässt du die Gehhilfe los und rufst, Hey, Mama!

Abends sitze ich bei meiner Mutter und gucke fern, danach schlafe ich im Bett meines Bruders ein. Jetzt wohnt Laudelina in deiner Wohnung. Du wünschst dir, dass wir beide dort Platz finden, aber ich bin so kaputt und kraftlos, dass ich es nicht schaffe, mit einem fremden Menschen zusammen zu sein.

Die Ärzte reden davon, dass sie dich in eine Reha-Klinik schicken wollen, aber ich möchte, dass du nach Hause kommst. Dann wirst du mit starken Schmerztabletten und zwei Krücken, auf denen du dich vorwärts schaukeln kannst, entlassen.

NOVEMBER UND DEZEMBER 1992 JANUAR UND FEBRUAR 1993

Wir sind allein in deiner Wohnung.

Aber es ist, als wären wir zu viert. Du und ich, deine Krankheit als eine eigene Gestalt, wie ein Tier in dir, und der Tod wie ein Schatten in einer Ecke. Es ist, als würden wir vier miteinander verhandeln und Kompromisse schließen.

Mein ganzes Ich, mein ganzes Sein kreist um dich. Ich lerne dich effektiv und zugleich auch respektvoll an- und auszuziehen. Jedes Mal, wenn ich dich dusche, dusche ich selbst auch. Wenn ich dich wasche, versuche ich eher sinnlich als klinisch vorzugehen. Ich bürste deinen Rücken gegen die Schmerzen. Die lange Narbe zwischen den Schulterblättern, eine weiche rosa Fortsetzung der Narben im Nacken. Ich koche Sachen, die du nach Möglichkeit selbst essen kannst, und manövriere dir ein Saugrohr in den Mund, damit du trinken kannst. Du gerätst außer dich vor Zorn über deinen Körper, der dir nicht gehorcht, der nicht gehen und stehen will, und über den Schmerz, der Kopf und Schultern plötzlich durchzuckt.

Nachts unterhalten wir uns im Schutze der Dunkelheit. Wir reden über unsere Beziehung, unsere Hoffnung, alle Fragen, die sich nicht beantworten lassen, den Tod. Ich weine und weine. Schlucke, wimmere, krümme mich, keuche. Der Weinkrampf überfällt mich unversehens und schüttelt meinen ganzen Körper. Ich schreie dich an: Du bist ein verdammter Scheißkerl, dass du so was machst!

Du hältst mich so gut du kannst fest und sagst: Es ist okay, du darfst wütend sein. Du darfst traurig sein.

Ich zwinge auch dich zu Tränen mit meinen Fragen: Hast du keine Angst vor dem Tod, hast du keine Angst, hast du keine Angst?

Du weinst, siehst mich an und sagst: So sieht meine Angst aus. Jetzt weißt du es. Aber in dieser Angst kann ich nicht bleiben. Ich habe mir meinen Tod so oft vorgestellt, jetzt kann ich das nicht mehr. Ich muss dort hindenken, wo es einen Weg gibt.

Stirb nicht, flehe ich, bitte, stirb nicht.

Dein rechter Arm wird von Schauern durchzuckt und reagiert ab jetzt und für immer empfindlich auf Berührung. An Brust und Bauch reagierst du ebenfalls auf Berührung, aber angenehm ist es dir nicht. Wenn ich dir den Rücken um deine Operationsnarbe herum kratze, das magst du, und den linken Arm darf man gern streicheln. Mitunter fühlst du etwas in deinem Geschlecht. Für kurze Momente kriegst du sogar eine Erektion zustande. Wir sehnen uns nacheinander, können uns aber nicht lieben. Du schämst dich für dein Unvermögen.

Inzwischen kannst du ohne Krücken ein paar Schritte taumeln und dich mit Krücken sogar recht gut vorwärts bewegen. Wir machen einen Spaziergang zum

Kiosk gegenüber und wieder nach Hause. Manchmal stellst du dich an die Spüle, lehnst dich an und wäschst ein paar Teller ab.

Wir streicheln einander und erforschen, was dir gut tut. Das hier ist auch Sex, sage ich zu dir.

Einen knappen Monat nach der Operation schlafen wir zum ersten Mal, seit die Tumoren entdeckt wurden, richtig miteinander. Ich reite dich auf der Schlafcouch, die jetzt, da du nicht ins Stockbett raufklettern kannst, unser Bett ist.

Fühlst du mich?, frage ich.

Ich fühle dich, brüllst du, ich fühle dich!

Komm, fordere ich dich auf. Und du kommst und rufst meinen Namen.

Ich tanze im Flur und singe: Du bist gekommen, du bist gekommen!

Mensch, ist das irre, jubelst du zurück. Mensch, bist du schön!

Wir lassen uns dein Krankenblatt kommen und versuchen es gemeinsam zu entziffern. Das Medizinerlatein lässt uns scheitern, als Einziges kapieren wir, dass der Chirurg während der Operation einen Teil einer Nervenwurzel entfernt hat – musste geopfert werden, wie im Krankenblatt steht. Aufgebracht rufst du deinen Arzt an und willst wissen, warum niemand dich darüber aufgeklärt hat, dass etwas aus deinem Körper entfernt worden ist. Der Arzt erklärt, dieser Teil würde ein Gebiet steuern, das nicht größer als ein Daumennagel sei. Wir sind dennoch der Ansicht, dass dies die Erklärung für deine Schmerzen und plötzlichen Kälteschauer ist. Ich rufe meinen Onkel an, der Kinderarzt ist. Er hilft uns, den restlichen Krankenbericht zu lesen, aber diesmal gibt es keine weiteren Überraschungen.

Dein Arzt will dir für den Rücken eine Strahlentherapie verordnen. Angesichts der vorgeschlagenen hohen Strahlendosis bist du skeptisch. Als du ihn bittest, mit der Behandlung etwas warten zu dürfen, damit dein Körper sich erholen kann, antwortet er dir: Na ja, es gibt genügend junge Burschen, die eine Strahlentherapie ablehnen, und die sterben dann wie die Fliegen.

Immer wieder diskutieren wir das Thema Strahlentherapie. Ein Teil von mir will, dass du alle Behandlung annimmst, die zur Verfügung steht, während ein anderer Teil stolz darauf ist, dass du die Dinge in Frage stellst und dich weigerst, dich zu einem Opfer der Krankheit machen zu lassen.

Nach langer Überlegung beschließt du, einen Teil der vorgeschlagenen Strahlendosis zu akzeptieren. Die Strahlentherapie löst Müdigkeit und Übelkeit aus, aber trotzdem schaffst du es, bei einer Krankengymnastin ein Trainingsprogramm zu absolvieren, das dich allmählich kräftiger und beweglicher werden lässt.

Weihnachtsferien. Laudelina und deine Schwester Elaine kommen und holen dich nach Gotland ab, um dort mit dir Weihnachten zu feiern. Ich fahre mit meinem Vater, seiner Frau Suzanne und meinem kleinen Bruder Benjamin nach Småland. Wie sehr habe ich mich nach dem Wald gesehnt!

Der Wald verschluckt mich, der Wald mit seinen Tannen und Rehen und winzig kleinen Wassertropfen, die, vom Frost überrascht, ganz außen an den Zweigen zu Perlen gefroren sind. Nachts schlafe ich tief und traumlos. Mit dir zusammen ist mein Schlaf federleicht geworden. Du brauchst dich kaum zu bewegen oder aufzuwachen, da bin ich schon wach und frage, hast du Schmerzen? Ist alles okay?

Jeden Tag schreibe ich dir lange Briefe. Ich schreibe über den Wald, der mich eine Sprache für das Schwere finden lässt: Frost–Tod, Laub–Leben. Ich schreibe über uns, darüber, wie wir durch diese Krankheit sowohl vereint als auch entzweit worden sind. Wie die unsichtbare Mauer des Todes zwischen uns steht, denn deinen Kampf auf der anderen Seite kann ich nicht kämpfen. Aber auch darüber, wie mein Körper und meine Gedanken sich so total an dieses neue Leben angepasst haben. Wie ich deine Schmerzen mit jeder Zelle spüre, schon bevor sie einsetzen, wie ich meine Tage nach deinen Mahlzeiten und Schlafpausen einteile. Ich überlege, was das in uns bewirken mag, was es in mir bewirkt.

Ich werde nach Gotland fahren und dich und deine Verwandten dort treffen. Was werden sie von mir halten? Ich schmiere mir Henna ins Haar, was sinnlos ist, weil man das Rot in meinen schwarzen Haaren sowieso nicht sieht. Mit dem Schminken gebe ich mir besonders viel Mühe und frage mich dabei voller Unruhe, ob du mich wohl immer noch hübsch finden wirst.

Begleitet von deinem Großvater holst du mich vom Flughafen ab – ohne Krücken.

Das hier – die Wohnung deiner Großeltern – ist der Mittelpunkt. Erik und Elsie, umgeben von Fotos, Topfpflanzen, Bildern und Zierpuppen. Hier essen und reden wir und gucken fern. Du und ich, Elaine, Laudelina, deine Tante Ria und dein Onkel Lasse. Dies ist eine Familie, die fortwährend ihre eigene Geschichte wieder erzählt. Ich höre zu und erfahre, woher du kommst.

MÄRZ, APRIL UND MAI 1993

Ich fange wieder an zu arbeiten. Cirkus Tigerbrand probt »Ein schwedischer Neger«, die Premiere rückt näher. Parallel dazu nehme ich die Inszenierung von »Märchenmeer« im Theater Unga Klara in Angriff.

Zum ersten Mal verdiene ich meinen Lebensunterhalt ganz und gar durch Theaterarbeit. Ein richtiger Regisseur – was das ist, darüber mache ich mir viele Gedanken. Wie soll ich mich zu einer so deutlich definierten beruflichen Rolle verhalten, wie soll ich ihr gerecht werden?

Das Theater mit seinen alles andere ausschließenden Problemen und Herausforderungen tröstet mich. Ich merke, wie sehr es mir gefehlt hat.

Du trainierst weiterhin bei der Krankengymnastin. Bald kannst du ohne Probleme gehen, du kannst wieder tanzen und manchmal sogar kurze Strecken rennen. Aber krankgeschrieben bist du immer noch. Im Cirkus Tigerbrand hat ein anderer Schauspieler deine Rolle übernommen. Du gehörst nicht mehr zum Theater, und je gesünder du wirst, desto mehr fehlt dir die Arbeit. Dein Training genügt nicht, um die Tage auszufüllen. Ich arbeite, alle deine Freunde arbeiten, und du fühlst dich einsam. Wenn ich abends nach Hause komme, hast du seit Stunden auf mich gewartet und willst mit mir reden. Oft bin ich in Gedanken noch im Theater, dann verletze ich dich mit meinen introvertierten Grübeleien. Aber ich versuche auf dem Heimweg »abzuschalten«, übe es immer wieder, damit ich dann ganz für dich da sein kann. Deine Krankheit lehrt uns, wie man das Leben in fest begrenzte Felder einteilen kann.

Wir überlegen, was du mit deiner Zeit anfangen sollst. Ich schlage irgendwelche Kurse vor. Aber du zögerst, weil du weißt, dass du immer wieder mal erschöpft sein wirst und nicht regelmäßig teilnehmen kannst. Ob das die Kursgebühr wert ist? Ich rede trotzdem auf dich ein und versuche dich davon zu überzeugen, dass deine Freude einfach alles wert sei. Schließlich meldest du dich zu einem Gesangskurs an. Immer hast du dich mit Musik beschäftigt, früher als Rapper, jetzt studierst du klassischen Gesang und Notenlesen. Sofort bessert sich deine Stimmung, und du setzt dich täglich an den Schreibtisch, um mit dem Notenpapier zu kämpfen.

Kaum geht es dir besser, ist nichts mehr da, was meine eigene Trauer und Erschöpfung zurückhält. Im Theater werde ich von etwas erfüllt, das sich wie Leben anfühlt, aber wenn ich nach Hause komme, sinke ich wie ein angestochener Ballon vor dem Fernseher zusammen. Du kaufst mir meine Lieblingslakritze und behauptest, du würdest es genießen, dich abwechslungshalber mal um mich kümmern zu dürfen.

Ich fühle mich sehr klein und leer.

Die Wärme kommt nach Stockholm. »Ein schwedischer Neger« hat Premiere. Du kriegst eine kleine Rolle in einer Inszenierung im Stadttheater.

Dein Gesangskurs feiert sein Abschlussfest in einem griechischen Restaurant. Umgeben von deinen Freunden sitze ich da, trinke ein Bier und warte auf deinen Auftritt. Du gehst auf die Bühne und singst »I'm just a gigolo«, dann gibst du einen selbst geschriebenen Rap zum Besten und bringst die übrigen Kursteilnehmer dazu, von ihren Plätzen aus mitzusingen. Das Publikum erliegt deinem Charme und feiert dich mit stürmischem Applaus.

JUNI, JULI UND AUGUST 1993

Du hast dir vorgenommen, nach Brasilien zu fahren. Darüber haben wir lange diskutiert. In meiner Phantasie sind wir gemeinsam in die Vergangenheit zurückgereist, um sie zu dokumentieren. Aber ich bin nicht die Reisegefährtin, die du dir wünschst. Laudelina ist diejenige, die dich auf der Reise begleiten soll. Seit eurer Übersiedelung nach Schweden hat keiner von euch beiden Brasilien wieder gesehen. Nun wirst du sie zu der Reise einladen, um sicherzugehen, dass es nicht nur bei den vielen Worten bleibt. Den ganzen Juli wollt ihr dort verbringen, zuerst in Rio de Janeiro, und dann einfach der Nase nach.

Juni – und wir zwei brechen nach Gotland auf, um dort Motorradurlaub zu machen.

Die Fähre läuft in den Hafen von Visby ein. Ich stehe auf Deck und sehe die sonnenbeschienene Insel näher kommen. Plötzlich erfüllt mich ein überwältigendes Freiheitsgefühl. Zum ersten Mal seit vielen Monaten haben wir uns etwas vornehmen und es dann auch ausführen können, ohne dass die Krankheit das letzte Wort behielt. Inzwischen genügt so wenig, damit das Leben wieder abenteuerlich wird.

Die erste Nacht verbringen wir bei Erik und Elsie. Dort ist alles auf wunderbare Weise ganz normal und wie immer. Erik, der in den Fernsehprogrammen hin und her zappt, und Elsie, die in der Sofaecke vor sich hin döst, die Schlafcouch, die sich zum Doppelbett ausziehen lässt, und der Korb voller Zeitschriften.

Am nächsten Tag packen wir unsere Sachen aufs Motorrad und fahren los, um eine Woche lang zu zelten.

Wie ich so hinter dir hocke, die Arme um deine Taille geschlungen, kann ich nichts anderes tun als denken. Der Wind und das Motorengeräusch übertönen unsere Versuche, uns zu unterhalten. Ich blicke auf die Sommerwiesen hinaus. Das vergangene Jahr stürzt in meinem Innern an mir vorbei. Immer wieder gehe ich deinen Krankheitsverlauf von vorne durch, verändere Situationen in der Phantasie, bewerte mein eigenes Verhalten. In Gedanken überprüfe ich meine Arbeit – habe ich das Richtige getan, was hat sich eigentlich abgespielt? Ich denke an meine Freunde, wie habe ich mich ihnen gegenüber verhalten?

Die große Müdigkeit, die ich das ganze Jahr mit mir herumgeschleppt habe, hüllt mich von Kopf bis Fuß ein, aber in meinen Erinnerungen finde ich keine Erholung, keine Ruhe.

Wir entdecken eine Lichtung am Meer, Djupviken an der südwestlichen Seite von Gotland. Wir kaufen Würstchen und Bier und du bringst mir bei, wie man das Zelt aufschlägt und eine Feuerstelle baut. Es ist ein windiger, schöner Abend. Ich wandere am Strand entlang, nehme die Schönheit des Meeres in mir auf und fülle die Taschen mit Fundstücken, die ich dann wieder zurückwerfe.

Es gibt so vieles, was auf dieser Reise wieder ganz werden muss. Jetzt, wo wir ungestört sind, wird unser Zusammensein zu einem dünnen Spinnennetz aus Fürsorge, das wir mit Ausbrüchen von Gereiztheit und Erschöpfung zerstören. Es ist, als würde das Kleine groß, wenn wir versuchen, das Große klein zu halten. Im Sonnenuntergang sprechen wir über unsere Angst. Bevor du nach Brasilien fährst, muss dein Kopf noch einmal durchleuchtet werden. Wir kommen zu der Einsicht, dass wir versuchen müssen, in der Ungewissheit aufeinander zuzugehen, anstatt uns voneinander zu entfernen.

Im Morgengrauen wache ich schweißgebadet vor Angst auf. Draußen vor dem Zelt habe ich etwas gehört, weiß aber nicht, was es ist. Ein großes oder kleines Tier, ein Mensch? Dann gleite ich, von Traumbildern von Raubtieren, Dieben und Mördern begleitet, zurück in den Schlaf und wieder aus ihm heraus, bis ich dich mit meinen unruhigen Bewegungen wecke.

Du streichelst meine Wangen und erklärst, dass das Geräusch vermutlich von einem Kaninchen stammte und dass ich beruhigt schlafen könne.

Wo soll ich nur die vielen Gefühle lassen, die während dieser freien Zeit in mir aufsteigen? Mein Entsetzen, meinen Kummer, meine Erschöpfung, wenn deine Nähe mich immer wieder zur Wurzel zurückführt, zur Krankheit.

Wir fahren nach Fårö hinüber. Der Himmel verdunkelt sich und wir mieten ein Häuschen für die Nacht. Vor uns erstreckt sich der Strand unendlich weiß und verlassen. Wir entziffern die Initialen, die in den Sand geritzt wurden, und unterhalten uns über die Schönheit und Kraft der Natur. Ich könnte noch lange am Strand weiterwandern, doch dir macht der Wind zu schaffen, also gehen wir durch den Wald zurück.

Als der Regen aufs Dach zu prasseln beginnt, schieben wir unsere Betten zusammen und lieben uns. Unsere Körper, die alle Abgründe immer wieder überbrücken und einander mit ihrer Leben spendenden Wärme trösten können.

Als wir aufwachen, regnet es immer noch. Ich gehe zum Strand hinunter und sehe aufs Meer hinaus. Mir ist unendlich verlassen zumute und gleichwohl sehne ich mich nach Einsamkeit. Als wäre ich in deiner Nähe zu einsam und dir in meiner Einsamkeit zu nah.

Wir spielen Karten und warten, dass der Himmel sich aufhellt. Doch der Regen wird immer heftiger, und da kehren wir dann doch lieber nach Visby zurück. Als wir ankommen, sind wir müde und nass. Nach einer heftigen Schwindelattacke schläfst du bei deinen Großeltern auf der Couch ein. Abends beim Essen wird dir so übel, dass du keinen Bissen runterbringst.

Den Rest des Abends schläfst du. Ich kaure mich in einen Sessel und lese.

In meinen Träumen betrügst du mich, dramatische Felsformationen erheben sich aus dem Meer, ich befinde mich allein und verlassen im Theater, ich schreie dich an und laufe davon.

Wir fahren nach Slite und reiten auf Islandponys an den alten Eisenbahnschienen entlang. Du strahlst wie eine Sonne, als ich mich umdrehe, um zu sehen, ob du noch da bist.

Ja, so ist unser ganzes Leben, denke ich, so sieht es während der Krankheit aus.

Wir fahren weiter, zu Hoburgsgubben, dem Felsen, der wie ein Mensch aussieht. Die Schönheit der Landschaft macht mich so ausgelassen, dass ich einfach drauflosklettere, in die Felsen hinein. Du bleibst mit hochgezogenen Schultern beim Motorrad stehen. Du hast wieder eine Schwindelattacke, dir ist übel und der kräftige Wind verursacht dir Kopfschmerzen. Also fahren wir nach Visby zurück. Ich bin enttäuscht und wütend auf deine idiotische Krankheit, die einfach dazwischenfunkt und alles kaputtmacht.

Du erbrichst dein Mittagessen. Wir spielen uns gegenseitig Erklärungen wie Erkältung und Überanstrengung zu, geben es aber bald wieder auf, als wir hören, wie hohl unsere Stimmen klingen. Aus Angst, dass deine Schwindelanfälle uns noch alle beide umbringen werden, verweigere ich weitere Ausflüge mit dem Motorrad.

Die restlichen Tage sind grau und regnerisch. Wir schlafen und lesen und bummeln ab und zu zur Billardhalle runter, um dort zu flippern. Eigentlich warten wir nur darauf, nach Hause fahren zu können.

Wieder in Stockholm. Stockholm mit dem blinkenden Anrufbeantworter und den Bergen von Post. Es ist, als hätte ich das kleinste Zimmer der Welt, eng und unbequem. Ich fühle mich so verwundbar, dass die Blicke fremder Menschen mir wehtun. Wenn ich auf der Straße unterwegs bin, wäre ich am liebsten unsichtbar. Ich sammle alles, was einfach ist, und baue mir daraus eine schützende Mauer. Ich backe Brot, kaufe Schuhe, pflanze Kräuter. Die Hände in einen Teig oder in Waschwasser zu versenken, ist tröstlich. Ich verenge meinen Blick, damit ich außer den großen Blättern des Basilikums nichts sehe und nichts brauche.

Dein Schwindel und deine Übelkeit werden schlimmer. Du bist müde und verfroren. Am Abend vor dem Röntgentermin hast du eine Körpertemperatur von fünfunddreißig Grad.

Du wirst zu Laudelina nach Göteborg fahren und von dort nach Brasilien. Ich begleite dich zum Bahnhof. Du umarmst mich und sagst: Ein Monat geht schnell vorbei. Du freust dich auf die Reise, ich dagegen mache mir Sorgen. Ich mache mir Sorgen um deine Gesundheit und frage mich, wie das wohl sein wird – ein ganzer Monat ohne dich.

Als ich dich im Zug verschwinden sehe, überrascht mich mein eigener Schmerz.

Habe mir vorgenommen, eine Woche lang mit meiner Mutter zu segeln. Ich packe Badezeug und warme Sachen ein und ziehe zu ihr. Wir besorgen Proviant: Dosensuppen und Trockenmilch, und planen unsere Route über dem schönen Alphabet der Seekarte.

Am Tag vor der Abreise muss ich im Krankenhaus anrufen und mich nach dem Ergebnis der Röntgenuntersuchung erkundigen. Wir haben vereinbart, dass du am selben Abend um acht Uhr schwedischer Zeit anrufen sollst, um zu erfahren, was der Arzt gesagt hat. Es ist dein zweiter Tag in Rio de Janeiro.

Als ich anrufe, teilt mir eine Schwester mit, die Ärztin, die deinen regulären Arzt vertritt, wolle nicht mit mir sprechen, bevor sie ihn konsultiert habe. Ich erzwinge ein Versprechen, dass die Ärztin um sechs zurückruft.

Während ich warte, sitze ich mit meinem Freund Henry im Café Saturnus. Wir haben uns längere Zeit nicht gesehen, aber trotzdem fällt es uns schwer, über etwas anderes zu reden als über dieses eine. Warum will die Ärztin nicht mit mir sprechen? Wir drehen und wenden es hin und her.

Liegt das an der üblichen Krankenhausbürokratie oder hat das Röntgenbild etwas Ernstes gezeigt?

Ich sitze auf dem Bett meiner Mutter und starre das Telefon an. Punkt sechs läutet es. Im Hintergrund höre ich die Stimme eines kleinen Mädchens, das nach seiner Mama ruft, und die Ärztin murmelt ihr zu: »Warte einen Augenblick, mein Häschen.«

Jetzt passiert es, denke ich. Jetzt sagt sie etwas, das den Himmel herunterfallen lässt, die Erde aufreißt und die Welt um mich her in Flammen setzt. Jetzt kommt das Urteil.

Mit ruhiger, freundlicher Stimme berichtet sie über deine Tumoren. Stecknadelgroß breiten sie sich wie ein Teppich über dein Gehirn aus. Kräftiges Wachstum. Sie hat deinen Arzt konsultiert, der an der Westküste Urlaub macht, und sie sind zu dem Ergebnis gekommen, dass du bestrahlt werden solltest. Für den Anfang. Ich solle dich darüber informieren, aber auch darauf hinweisen, dass du deine Reise nicht sofort abzubrechen brauchst. Ein paar Wochen hin oder her spielten keine Rolle, sagt sie, denn wer wisse schon, wann du wieder so eine Reise unternehmen könntest.

Aha, ja, dann vielen Dank, sage ich.

Nach vorne gekrümmt lege ich meine Hände übers Gesicht und fange meine Tränen auf.

Als du anrufst, krieche ich zum Telefon. Ich möchte dich quer über die Welt umarmen.

Okay, sagst du, das muss ich mir erst mal durch den Kopf gehen lassen.

Ich glaube, sagst du, ich komme gleich nach Hause.

Die Reise ist sowieso ein Flop. Ich muss alles erbrechen, was ich esse, und kann vor lauter Schwindel kaum gehen.

Dann fügst du hinzu: Ich höre, dass du wahnsinnig traurig bist, mein Schatz. Das brauchst du nicht. Wir kriegen die Sache in den Griff.

In mein Tagebuch schreibe ich einen Witz, den Suzanne immer gern erzählt.

Mama, die Katze starrt mich an.

Aber Schatz, wir haben doch gar keine Katze.

Aber wenn.

Mama, der Tote starrt mich an.

Aber Schatz, es ist doch niemand gestorben.

Aber wenn.

Abgrundtiefer, traumloser Schlaf verschlingt mich. Ich schlafe so, wie ich weder bisher je geschlafen habe noch später jemals wieder schlafen werde – ausgelöscht, bewusstlos.

Am folgenden Tag scheint die Sonne, unwissend und intensiv. Meine Mutter und ich beschließen auf den Segeltörn zu verzichten und gehen zusammen in die Stadt.

Hat ein Teil von mir dieses gewünscht? Habe ich mich in dich verliebt, weil ich die Verheißung einer zukünftigen Krankheit in dir spürte? Brauche ich Katastrophen? Ich versuche eine Logik darin zu finden, dass mir dies widerfährt. Meine Mutter sieht mich an und sagt: Du liebst diesen guten, warmherzigen jungen Mann und nicht seine Krankheit.

Ich kaufe einen Walkman. Auf Benjamins Bett gekauert lasse ich mich in die wilde Musik der Gruppe Hedningarna hineinschaukeln. Bin zu erschöpft, um essen zu können. Ich schlafe, gucke fern, rauche und schlafe wieder.

Die ganze Welt steht still.

Ich muss fragen. Also rufe ich die Ärztin an.

Wie groß sind seine Chancen, um die Krankheit zu besiegen?

Über diesen ungewöhnlichen Tumor wissen wir sehr wenig, erklärt sie, und natürlich geschehen ab und zu Wunder. Aber von uns aus gesehen sind die Chancen verschwindend gering.

Werden Sie es ihm sagen?, frage ich.

Kommt darauf an, was er fragt, antwortet sie.

Ich weiß, dass du alles fragen wirst.

Er wird sterben, sage ich zu meiner Mutter, die weinend vor mir sitzt.

Er wird sterben, sage ich zu meinem Vater, der mich vom Wochenendhaus aus anruft.

Er wird sterben, schreibe ich ins Tagebuch.

Du wirst sterben.

Jetzt weine ich still und erschöpft über das, was vor uns liegt.

Ich packe meine Sachen und ziehe in unsere Wohnung zurück. Eine Woche lang warte ich darauf, dass du nach Hause kommst. Ich warte eine Ewigkeit und hülle mich in meine schwarze Strickjacke, unter der ich mich durchsichtig wie Glas fühle.

Es fällt mir schwer, allein zu sein. Allein und meinen inneren Bildern und Vorstellungen ausgeliefert. Deshalb umgebe ich mich mit Freunden und nehme fast alle Mahlzeiten im Lokal ein.

Eines Abends, als ich mit Rebecka in Birgers Bar Pasta gegessen und lange mit ihr über ihre Probleme gesprochen habe, glaube ich, dass ich es schaffen werde. Im Bus bin ich ganz ruhig, und als ich die Wohnungstür hinter mir schließe und anfange, Wäsche zu sortieren, bin ich immer noch ganz ruhig. Zehn Minuten lang. Dann bricht das Entsetzen auf mich herab. Ich höre es kommen, es ist wie ein Geräusch von Flügeln in der Luft, bevor es seine Krallen in mich schlägt. Wieder gekrümmt vor Schmerzen rufe ich Irène an. Sie setzt ihren Besuch an die Luft und kommt angefahren. Ich kaure rauchend im Treppenhaus. Sie kocht Tee und sagt, ich sei mutig.

Ich fühle mich wie hingesudelt.

Warum, frage ich mich immer wieder aufs Neue, warum muss ich so rasch altern? Denn so fühlt es sich an. Als würde ich in einem Sciencefictionfilm mitspielen und innerhalb einer Minute von einer Einundzwanzigjährigen zu einer Hundertjährigen zusammengeknüllt werden.

Heute erschrecke ich, wenn ich daran denke, was ich hätte tun können, wenn ich meine Freunde nicht gehabt hätte. Die dünne Grenze zwischen einer scharf geschliffenen Rasierklinge und dem ganz normalen Teetrinken mit einer Freundin ist mir sehr deutlich bewusst.

Ich kaufe dir ein kleines schwarzes Kätzchen. Jetzt werden wir lange an ein und demselben Ort bleiben, das ist mir klar. Ich putze, backe und koche lauter Sachen, von denen ich weiß, dass sie dir schmecken. Friere Fleischbällchen ein. Bin nervös und rastlos. Irgendwie kommt es mir vor, als würden wir uns zum allerersten Mal begegnen. Wie wird das sein, wenn wir uns miteinander unterhalten? Wie wirst du aussehen? Wie verhältst du dich zu deiner Krankheit?

Distanziert? Verzweifelt? Rasend? Oder alles auf einmal? Wenn ich nur wüsste, wie ich dir helfen kann.

Ich muss darüber nachdenken, was für eine Art von Freundin ich für dich gewesen bin. Deine Freundin, deine Geliebte. In mir öffnet sich eine Kluft zwischen zwei Frauen. Die eine, sehr zerbrechliche, die sich mit Zigaretten, Alkohol, neuen Kleidern, Videofilmen tröstet. Die unter Leuten sein will, ins Leben zurückkehren will. Und die andere, die für dich lebt. Die Pläne macht. Die in der Wohnung herumwirtschaftet. Die uns beide in das bisschen Geborgenheit einbettet, das sie zusammenkratzen kann. Die sich an alles anpasst. Aber auch wirklich an alles.

Dann kommst du nach Hause. Mit deinem schweren Koffer taumelst du in unser Zimmer herein. Du bist so dünn. Alles, was an deinem Körper stark war, ist verschwunden. Jetzt würdest du es nicht mehr schaffen, mich hochzuheben, und falls du es doch versuchen solltest, würdest du das Gleichgewicht verlieren.

Ich berichte dir noch einmal. Wiederhole mit der sanften Stimme der Ärztin deine Diagnose. Zwar spreche ich nicht aus, dass du sterben musst. Das sage ich nicht, aber du weinst. Du weinst so, wie du bisher noch nie geweint hast. Du bebst, du schreist, du wimmerst, du stöhnst: Es ist so verdammt ungerecht!

Ich werde in Stücke gerissen, in mir öffnen sich tausend Wunden. Aber ich weine nicht mit dir. Ich kann deine Tränen nicht weinen, und um meine eigenen zu vergießen bin ich zu erschöpft. Ich halte dich in meinen Armen.

Wie lange wir so sitzen, weiß ich nicht, aber irgendwann stehst du auf und legst Musik auf. Während dir die Tränen übers Gesicht strömen, nimmst du mich in die Arme und tanzt mit mir.

Du singst, du weinst, du küsst mich.

Jetzt fangen wir neu an. Wir fangen bei null an und von dort in die Finsternis hinein.

Du musst Cortison nehmen. Davon kriegst du ein geschwollenes Gesicht, aber es nimmt dir den Schwindel und gibt dir deinen Appetit zurück. Durch das Medikament wird uns ein Stück Zeit erkauft, in der du fast wie gesund bist.

Also verbringen wir unseren Urlaub eben in Stockholm. Du freust dich über dein Kätzchen und besorgst noch eins dazu, damit es nicht so alleine sein muss. Dann gehen wir mit den Katzen in den Rålambshovspark und spielen dort mit ihnen. Wir verbringen viel Zeit mit langen, sorgfältig zubereiteten Mahlzeiten. Du trinkst keinen Alkohol mehr, aber ich trinke manchmal ein Glas Wein zum Essen. Wir machen uns Riesentöpfe voller Popcorn und hocken uns damit vor den Fernseher. Oder wir kuscheln uns aufs Sofa und lesen.

Nachts träume ich von Beerdigungen und immer wieder, dass ich von einem sehr alten Mann vergewaltigt werde.

Der neunte August. Ein Jahr sind wir jetzt zusammen. Ein einziges Jahr, und dabei kommt es mir manchmal vor, als wären es zehn gewesen.

Wir sitzen im Restaurant Kajplats 9. Du hast einen Tisch reservieren lassen, und wir haben uns füreinander schön gemacht. Während des Essens stupsen wir uns heimlich mit den Füßen und reden wie selbstverständlich kein einziges Wort über die Krankheit.

Auf einem Bootssteg bei Norr Mälarstrand öffnest du ein Schächtelchen, in dem Verlobungsringe liegen, und fragst mich ernst, ob ich dich heiraten will.

Ja! In meinem Ring steht mit verschnörkelten Buchstaben: Robson liebt Pernilla 9/8-93.

Mit den Händen in der Luft wandern wir nach Hause.

Deine Bestrahlung beginnt, und die Müdigkeit droht dich aufzufressen. Du schläfst oder liegst unter einer Wolldecke und streichelst die Katzen.

Die Müdigkeit erfasst auch mich. Wie ein Helm sitzt sie auf meinem Kopf, wie ein Schmerz in meinen Knochen. Ich zwinge die Tage zum Vergehen, indem ich sie mit genau berechneten Aufgaben fülle. Einkaufen, Waschen, Verlängerungskabel besorgen.

Anna kommt aus Göteborg zu Besuch. Sie sagt, sie habe mich noch nie so müde gesehen, noch nie mit solchen schwarzen Ringen unter den Augen. Seit sieben Jahren sind wir befreundet, jetzt aber erkennt sie mich nicht wieder.

Ich wusste, dass ich mich verändern würde. Jetzt spüre ich, wie die Veränderung in meinem Körper geschieht. Ich habe das Gefühl von einer Invasion.

Oft frage ich dich, ob ich anders aussehe. Du antwortest, nein, oder, dass ich mit jedem Tag, der vergeht, schöner werde. Ich selbst finde, dass die Müdigkeit mein Gesicht, das im Spiegel so klein aussieht, mit einem Film überzogen hat.

Rebecka ist in Kopenhagen und bereitet eine Ausstellung über Jimi Hendrix vor. Komm her!, sagt sie ins Telefon.

Fahr hin, sagst du, verreise und ruhe dich aus. Mit Hilfe meiner Freunde komme ich eine Woche über die Runden.

Sommerliches Gewimmel in Kopenhagen. Rebecka und ich reden stundenlang. Wir gehen bummeln und Kaffee trinken. Während sie arbeitet, besuche ich die Glyptothek und lasse meinen Blick über die weichen, weißen Marmorskulpturen von Rodin streichen. Dann stöbere ich in Antiquitätenläden und kaufe Essen, Wein und Blumen. Mir ist, als wäre ich durch eine hässliche Wüste gewandert, jetzt trinke ich all das Schöne, das mich umgibt. Ein erstaunlich einfacher Trost – dass mir die Schönheit der Welt wieder bewusst wird.

Wir nehmen den Zug nach Louisiana. Im Raum mit den Giacomettiskulpturen bleibe ich hängen. Genauso ausgezehrt und entblößt wie die Skulpturen fühle ich mich inzwischen auch.

Im Flugzeug nach Hause lese ich Dagens Nyheter. In der Stadtbeilage steht ein Interview mit mir und vom Umschlag starrt mir mein eigenes Gesicht entgegen. Hinter dem Rest der Zeitung versteckt lese ich das Interview. Eine neue Kluft tut sich auf, die ich als abgrundtief empfinden werde – die Kluft zwischen meinem Berufsleben, meiner beginnenden Karriere, und meinem Privatleben. Als ich daran denke, was diese junge Regisseurin in ihrer Freizeit macht, wird mir plötzlich ganz schwindlig.

Zu Hause hast du das Bild aus der Zeitung an die Pinnwand geheftet. Du bist die Nummer eins, sagst du, ich bin mächtig stolz auf dich.

Wir diskutieren hin und her, wie es mit deiner Arbeit im Stadttheater weitergehen soll. Du versuchst irgendeine Möglichkeit zu finden, um bleiben zu können. Als ich sage, das sei ganz unmöglich, komme ich mir wie eine Verräterin vor. Auf mein Argument, dass du Ruhe brauchst, willst du nicht hören, also kehre ich es um und sage, aus Rücksicht auf den Regisseur und das Ensemble dürftest du es nicht riskieren, an irgendeinem späteren Zeitpunkt eventuell wegbleiben zu müssen. Schließlich begibst du dich zum Theater und kündigst.

Du warst sehr enttäuscht, aber ich kann mich mit dem besten Willen nicht daran erinnern, dass du verbittert warst. Nur traurig.

SEPTEMBER, OKTOBER, NOVEMBER 1993

Dein Arzt möchte dir Chemotherapie verordnen. Du stellst die Bedingung, dass du zwei Monate warten darfst, bevor die Behandlung losgeht. Du möchtest deinen Körper aufbauen, weil dein Immunsystem nach der vielen Bestrahlung geschwächt ist und deine Blutwerte schlecht sind.

Ich nehme die Theaterarbeit wieder auf und probe zwei Wochen lang »Märchenmeer«, bis zur Premiere. Im Anschluss daran besuche ich verschiedene Schulen, wo ich über das Thema »Erzählen und Zensur« spreche, manchmal improvisiere ich auch. Es macht mich froh, wieder arbeiten zu können, aber dennoch kehrt die Müdigkeit wieder zurück, sie haftet mir an wie ein Schwanz.

Morgens stehe ich zeitig auf. Du schläfst, draußen ist es noch dunkel. Ich frühstücke irgendwo auf dem Weg zur jeweiligen Schule.

Vormittags arbeite ich. Auf dem Heimweg mache ich Besorgungen und komme genau rechtzeitig zu deinem Nachmittagstee zurück. Dann mache ich den Abwasch, räume auf, koche das Abendessen. An die Müdigkeit gewöhne ich mich nie. Ich bin erkältet und fühle mich schlapp. Habe zu überhaupt nichts mehr Lust. Aber ich lerne von dir und nehme mir jeweils immer nur einen Tag vor. Manchmal auch nur eine Minute. Jetzt, rede ich mir ein, ist nur jetzt. Ich träume, dass ich im Krankenhaus liege. Das Zimmer ist weiß und voller Blumen, unendlich still und friedlich.

Wenn ich mir das Bein brechen würde, dürfte ich ausruhen.

Wir sprechen viel über Kinder. Im Nachhinein wirkt das natürlich wahnsinnig, aber wir hören auf, Verhütungsmittel zu benutzen.

Während eines Arztbesuchs greift der Arzt die Frage der Fruchtbarkeit auf. Er erklärt, dass die Chemotherapie dich vermutlich unfruchtbar machen werde, aber mit der heutigen Technik sei es möglich, Sperma für eine zukünftige Befruchtung einzufrieren. Natürlich sei es möglich, dass dein Sperma von der vielen Bestrahlung schon gelitten habe, aber falls wir irgendwann, wenn du wieder gesund seist, eine Familie haben wollten, sei es einen Versuch wert.

Wir wandern durch die Krankenhausflure zur betreffenden Station. Eine Schwester erklärt uns den Ablauf und zeigt uns das Kämmerchen, komplett mit Pornoheften, wo du in ein Glas masturbieren sollst. Sicherheitshalber gibt sie dir zwei Termine. Wir müssen darüber lachen, wie absurd die ganze Situation ist.

Als wir das Krankenhaus verlassen, flüsterst du mir zu – erzähl es ja niemand, dass ich impotent bin.

Unfruchtbar, berichtige ich, unfruchtbar.

Wir besuchen die Premiere der Vorstellung, in der du hättest mitwirken sollen. Bei der anschließenden Feier klettert der Theaterchef auf eine Leiter und hält eine Rede. Außer bei dem Regisseur möchte er sich aus dem sehr großen Ensemble vor allem bei David und Omar bedanken, die die beiden Leibwächter spielen. David hat deine Rolle übernommen. Ich sehe dich an, du sitzt mir am Tisch gegenüber, und dort steht dein Schmerz wie eine Wand. Warum hat dich damals keiner auch nur erwähnt? Warum habe ich nichts gesagt?

Wir machen uns Sorgen wegen deiner Chemotherapie und sprechen alles durch, was wir über die schlimmen Nebenwirkungen gehört haben. Werden wir die Kraft haben, das zu ertragen? Wir beschließen, ein paar Tage zu verreisen, um Atem zu holen.

Wie immer sehne ich mich nach dem Meer. Also fahren wir nach Skagen. Das schöne, windige Skagen mit seinem unendlichen Himmel und seinem gewaltigen Meer.

Ich wandere den Strand entlang. Menschenleer erstreckt er sich vor mir im regenfeuchten Dunst. Ich finde einen Stein, der wie ein pechschwarzes Herz geformt ist. Das Meer steigt und sinkt und steigt und sinkt.

Ich bilde mir ein, dass es mir aus seinem ewigen Sein heraus zuflüstert: Es gibt eine Fortsetzung. Für alles gibt es eine Fortsetzung. Mach dir keine Sorgen, kleiner Mensch. Von mir bist du gekommen, und wenn es so weit ist, nehme ich dich wieder zurück.

Ich lasse mich vom Wind waschen, bis ich mich leer und klar fühle, und laufe so lange, bis ich meine Umrisse wieder spüre. Dies ist mein Körper, der mir gehört, mehr weiß ich nicht.

Ich möchte mich selbst einkreisen. Was bleibt übrig, frage ich mich, wenn man die Rettungsleine des Alltags entfernt, all jene Aktivitäten, die Gedanken und Gefühle beiseite geschoben haben? Darin habe ich mich selbst verloren, und jetzt will ich versuchen mich wieder zu finden. Du liegst im Hotelzimmer und schaust dir irgendwas im Fernseher an, für windige Spaziergänge bist du zu erschöpft. Der Fernseher stört meine Gedanken mit seinem Geflimmer. Wir beschuldigen uns gegenseitig, dem anderen keinen Raum zu lassen. Nachdem wir eine Weile gereizt herumgehackt haben, legen wir uns eng umschlungen aufs Bett und reden. Du verstehst mich. Du verstehst, was ich tun muss, aber selbst musst du in die entgegengesetzte Richtung gehen, weil du in dir selbst keinen Trost hast. Wenn du nach innen gehst, begegnest du dort nur den Monstern deiner Krankheit, und die machen dir Angst. Du kannst die Zeit nicht ausnutzen, du kannst sie nur vertreiben.

Am letzten Abend wandern wir durch die Gässchen zu Brøndums Hotel. Dort wird unser Essen auf Silbertellern hereingetragen und wir heben unsere Gläser vom weißleinenen Tischtuch. Von den Wänden starren die Skagenmaler auf uns herab. Ausnahmsweise trinkst du ein wenig Wein und wir werden beide leicht beschwipst. Wir flirten und lachen. Es ist, als wären wir kurz aus der Zeit herausgeschlüpft oder als hätten wir aus der Wirklichkeit in einen Filmabschnitt hinübergewechselt. Ich liebe dich, sagst du, du bist meine Landkarte.

Ich begleite dich zu deiner ersten Chemotherapiebehandlung ins Krankenhaus. Zwei Kapseln und eine Spritze und in zwei Monaten noch einmal die gleiche Prozedur. Wir haben unzählige gemeinsame Krankenhausbesuche hinter uns. Inzwischen haben wir Routine, machen Witze mit dem Personal und halten uns an den Händen.

Im Bus nach Hause warten wir gespannt auf deine Reaktion. Du kriegst Hunger, sonst passiert nichts. Wir werden beide äußerst gereizt. Die Unruhe äußert sich als Streit um Katzenfutter und Telefonrechnungen.

Der November kommt mit seiner Dunkelheit. Du hast wieder Rückenschmerzen. Im einen Fuß kannst du nichts mehr fühlen. Wir erkennen die Symptome wieder, können aber Ursache und Wirkung nicht mehr auseinander halten. Ist dies das Ergebnis des Cortisons, der Chemotherapie, der früheren Operationen oder die Wirkung von neuen Tumoren?

Du nimmst Schmerztabletten, was du verabscheust, und bemühst dich um einen früheren Röntgentermin für Kopf und Rücken. Schließlich werden deine Schmerzen so schlimm und die Auskünfte des Krankenhauses über deine Röntgentermine so verschwommen, dass du in die Notaufnahme fährst. Für die Wartezeit auf den Röntgentermin wird dir ein Bett zugewiesen.

Und wieder sitzen wir im Aufenthaltsraum und machen Spiele und gucken fern. Alles, was wir sagen könnten, ist ohnehin ganz klar.

Ich habe Angst. Ich liebe dich.

Vierundzwanzig Stunden später wird dir die Warterei zu dumm und du fährst selbst in die Röntgenabteilung hinunter. Dort will das Personal schon nach Hause gehen. Wie sich herausstellt, ist mit deiner Überweisung geschlampt worden, daher stehst du nicht auf der akuten Liste. Das Personal macht die Lichter wieder an und schaltet die Apparate ein.

Nach deinem Tod erzählt einer deiner besten Freunde mir, was du einmal zu ihm gesagt hast: Man muss sehr gesund sein, um es auszuhalten, so krank zu sein.

Deine Gehirntumoren sind verschwunden. Oder, wie wir später erfahren werden, momentan auf dem Röntgenbild unsichtbar. Dafür haben sich drei Tumoren dicht an dein Rückgrat geheftet.

Schleunigst eine erneute Operation. Als sie nach vielen Stunden beendet ist, liegst du im Morphiumrausch in einem Zimmer, wo eine Schwester Wache hält. Ich schiebe den Tropfschlauch beiseite und setze mich auf dein Bett. Da wachst du auf. Ich lege deine Hand in meine.

Ich bin ein Nussbeutel, lallst du undeutlich, wie läuft's zu Hause? Wie geht's den Katzen? Ich liebe dich.

Dann schläfst du wieder ein.

17. November 1993. Aus dem Tagebuch

Auf feuchten Fußsohlen
balanciere ich
auf dem dünnen Seil aus Liebe
das sich zwischen uns spannt

Ich kann dich auf dem Rücken tragen
sage ich dir am Telefon
vor der Operation

Auf meinem ausgehöhlten Körper
kann ich dich tragen Liebster
alles was ich dir gebe
hast du mir zuvor geschenkt

Noch ein Mal
bettle ich den Tod an
ein Mal noch
zusammengerollt auf deinem Arm
ein Mal noch
Lider
einen Sommer noch
gemeinsam einschlafen
ein Mal noch
Augen
und gemeinsame Träume
Es gibt keine Träume mehr
die nicht Träume von dir sind

Wenn du nicht in unserer Wohnung bist und mich mit deinen Bedürfnissen von mir selbst ablenkst, gleite ich ganz und gar in das wirre kleine Knäuel aus Trauer in meinem Innern hinein.

Stundenlang sitze ich in Cafés und Restaurants. Ich treffe Freunde, rede und rede über das eine. Dies und jenes ist passiert, so und so ist es. Es erschreckt mich, dass ich für das Unbegreifliche Standardformulierungen gefunden habe. Ich gehe routiniert mit der Katastrophe um. Wenn ich spreche, rede ich über Fakten, aber in mir sind nur Fragen. Was wird geschehen? Mit dir. Mit mir. Mit uns.

Ich betäube mich mit dem, was mir zur Verfügung steht. Ich rauche, trinke.

Jeden Tag gehe ich zu dir ins Krankenhaus. Ich ziehe mich hübsch an, ich rieche gut, ich nehme all meine Kraft zusammen und setze mich auf deine Bettkante und lächle. Lächle und lächle und erzähle über die Welt und unsere Bekannten. Ich streichle dich überall dort, wo es nicht schmerzt, bringe dir Zeitungen, die du nicht lesen kannst, und Kassetten mit guter Musik. Ich sehe dir in die Augen und versuche eine Spur von Willen, von Glut in ihnen zu finden, sehe aber nur Erschöpfung und Trauer.

Nach den Besuchen bei dir bin ich ausgelaugt. Irène steckt mich in ihr Bett und bringt mir Tee und belegte Brote. Sie und Rebecka lösen einander ab, sie halten den Wahnsinn von mir fern. In mein Tagebuch schreibe ich: Ich weiß, dass es schlimmer werden kann.

Ich schlafe nicht mehr. Nachts starre ich hellwach an die Decke oder spiele mit den Katzen.

Du übst mit deiner Gehhilfe im Krankenhausflur. Es fällt dir schwer, die Bewegungen der Beine zu koordinieren, und du wirst sehr schnell müde und gibst auf. Deine Müdigkeit macht mir Angst. Wenn ich nur wüsste, wie ich deine Wut wecken könnte.

Mein Körper schmerzt unablässig. Ich träume davon, allein über einen Sandstrand zu gehen.

Der Chirurg, der dich operiert hat, erklärt uns, es sei ihm nur gelungen, einen der drei Tumoren zu entfernen. Jetzt wollen die Ärzte dich wieder bestrahlen. Noch mehr bestrahlen. Schon wieder.

Laudelina kommt nach Stockholm. Wir unterhalten uns vorsichtig über dich. Vorsichtig, weil die Worte uns mitteilen, dass das, was wir erleben, wahr ist. Ihre Worte sind vielleicht wahrer. Ich habe gelernt, genauso viel hinweg- als auch hinzuzureden. Wenn Laudelina spricht, sind ihre Gefühle in jedem Satz gegenwärtig.

Sie erzählt von dem ersten Chirurgen, der dich operierte, damals, als du deinen Gehirntumor hattest. Wie er ihr erklärte, dass der Tumor bösartig sei, sie aber bat, dir nichts zu sagen. Das hat sie mit sich herumgetragen. Auch sie wird von der Müdigkeit aufgesogen. Auch sie betäubt sich mit dem, was ihr zur Verfügung steht.

Wir besuchen dich getrennt. Das tun wir, ohne es vereinbart zu haben, als spürten wir, dass es jetzt sehr wichtig ist, eine eigene Zeit mit dir zu verbringen.

Ich kann dir nicht erklären, wie groß meine Angst ist. Also schreibe ich einen Brief, in dem ich dich um deine Lebenslust anflehe, nach deiner Wut frage und dir sage, dass ich dich gerne tragen werde, wenn du es nur willst. Den Brief lege ich neben dein Bett.

Du rufst mich am Abend an, nachdem du den Brief gelesen hast.

Ich erkenne deine Stimme wieder, als du sagst: Okay, packen wir's, mein Schatz!

Auf zwei Krücken kommst du nach Hause gestolpert. Ich sehe dich. Ich sehe, wie krank du bist, und denke, jetzt darf es nur noch um dich gehen. Wenn du bei mir bist, halte ich alles für möglich, dann glaube ich, dass wir das hier gemeinsam durchstehen.

Ich lasse alles los, breche alle laufenden Projekte ab und verzichte auf zukünftige Pläne. Meine Freunde müssen sich daran gewöhnen, dass alles, was wir entscheiden, vorläufig ist.

Inzwischen bin ich nicht mehr Regisseurin. Jetzt bin ich persönliche Pflegekraft, angestellt und entlohnt von der »Häuslichen Krankenpflege«. Ich trage meine Stunden in Tabellen ein, denn für sechs Stunden pro Tag, sieben Tage in der Woche werde ich bezahlt.

Meine Tage, das bist du. Und das, was wir einst waren, verwandelt sich mehr und mehr in dich. Inzwischen unterhalten wir uns über Heizkissen und Medikamente. Beim Essen überlegen wir, wie viele Cortisontabletten du nehmen musst. Vor dem Schlafengehen muss die Pieselflasche bereitstehen.

Auch um mich selbst mache ich mir Sorgen. Ich weiß nicht, wie ich mich verhalten soll, um nicht zu zerbrechen. Das Leben um mich herum ist so eng. Es schrumpft immer mehr, als wollte es mich zermalmen.

Ich fange eine Therapie an – ein eigener Raum, der mehr Platz für mich bereithält als das übrige Leben. Mein eigener Raum, meine eigene Zeit, einmal in der Woche.

Manchmal die einzige eigene Zeit, die ich habe.

Es muss doch eine Möglichkeit geben, von dieser Erfahrung nicht vernichtet zu werden.

Die beiden Frauen in meinem Innern ringen miteinander. Die kleine zerbrechliche Frau verlangt mehr Platz. Wenn sie eine Zeit lang draußen im Licht sein darf, mit Freunden in der Kneipe zum Beispiel, oder wenn sie etwas vollkommen Unnötiges kaufen darf, nur so, zur Freude, dann fühlt sich die andere Frau hoffnungslos unzulänglich. Sie überlegt pausenlos, ob sie nicht mit dem Rauchen aufhören, mit Meditation anfangen und auf vegetarische Kost umsteigen sollte, um dir eine bessere Stütze zu sein. Als ich von meinem inneren Ringen erzähle, holst du eine Zigarette. Du, der du Rauch verabscheust, zündest sie für mich an und hältst mich im Arm, während ich sie rauche.

Du bist hier, sagst du, für mich ist das alles. Sei einfach hier, genau wie du bist. Aber verrate niemandem, dass ich dir in unserer eigenen Wohnung eine Zigarette angeboten habe.

Dein Arzt bringt die Strahlentherapie erneut zur Sprache. Er will deinen ganzen Rücken bestrahlen, mit einer Extrakonzentration auf den Bereich, wo die übrig gebliebenen Tumoren sitzen. Er ist sehr ernst.

Das hier ist lebenswichtig, sagt er. Wenn du dich weigerst, werden deine Beine nach und nach gelähmt und dann stirbst du.

Dein Gesicht ist wie aus Stein gemeißelt. Mit rasendem Zorn im Blick siehst du mich an und presst die Hand um deine Krücke, bis die Knöchel weiß hervortreten.

Du willst wissen, wonach die Berechnung der Strahlendosis sich richtet.

Woher will man wissen, dass es nicht zu viel ist? Unter welchen Nebenwirkungen wirst du zu leiden haben? Sind die nicht mindestens ebenso zerstörerisch?

Du erklärst, du wolltest dir die Sache überlegen und dann mitteilen, ob du die Bestrahlung für die beste Behandlung hältst.

Dein Arzt bittet dich, nicht zu lange zu überlegen.

Ich habe fast die ganze Zeit geschwiegen, wie immer, wenn ich mit dir beim Arzt bin. Aber während wir auf das Taxi warten, explodiere ich.

Ich brülle dich an: Sei nicht so verdammt defensiv, der Arzt ist doch auf deiner Seite! Ich weiß nicht, was ich tue, wenn du dich weigerst, dich behandeln zu lassen.

Zu Hause am Küchentisch gestehst du mir, wie sehr du dich davor fürchtest, wieder bestrahlt zu werden. Was wird dann mit deinem ohnehin schon geschwächten Immunsystem passieren? Kann eine Behandlung denn wirklich gut sein, durch die man dermaßen stark abbaut und nach der es einem nur noch schlechter geht?

Wie soll man zwischen Lähmung und Tod und einem kaum noch vorhandenen Immunsystem wählen?, fragst du mich.

DEZEMBER 1993

Du warst ein junger Mann, der mit den kleinen Buben im Vasapark Basketball spielte, du hast leidenschaftlich gern getanzt und jede Gelegenheit wahrgenommen, um als Rapper auf einer Bühne zu stehen, du bist Motorrad gefahren, du hast geflippert.

Jetzt liegst du frierend zusammengerollt auf dem Sofa. Deine Augen sind schlechter geworden. Du kannst nicht mehr fernsehen.

Dir ist so wenig geblieben.

Die Strahlentherapie beginnt. Einmal wöchentlich werden Blutproben gemacht, damit der Arzt sieht, wann deine Blutwerte so hoch sind, dass man Chemotherapie einsetzen kann.

Der dreizehnte Dezember, du wirst zweiundzwanzig Jahre alt. Seit Wochen überlege ich, wie ich deinen Geburtstag zu einem fröhlichen Tag für dich machen kann. Ich sehne mich so danach, dich lachen zu sehen. Ich sammle Geld bei der Familie und bei Freunden und kaufe dir einen Flipperautomaten.

Von der Strahlentherapie kannst du nicht freinehmen. Ich begleite dich zur Klinik und lese alte Zeitschriften, während ich warte.

Als wir nach Hause kommen, lasse ich dich eine Weile ausruhen, dann schicke ich dich mit Benjamin ins Kino.

Kaum seid ihr verschwunden, füllt sich die Wohnung mit Freunden, der Flipperautomat wird geliefert und in eine Ecke geschleppt, Rebecka backt blitzschnell Pizza.

Dann öffnest du die Tür. Du öffnest, kommst aber nicht herein, sondern bleibst im Treppenhaus stehen und staunst den Flipper an. Ich ziehe dich in den Flur und helfe dir aus dem Mantel.

Hast du einen Flipper gemietet?, fragst du.

Nicht gemietet, erwidere ich.

Die Freunde stürzen singend hervor, du weinst, schnäuzt dich und schwankst zu deinem Flipper rüber.

Wir hocken in Grüppchen auf dem Boden, essen und reden.

Als wir zu Bett gehen, bist du so aufgeregt, dass du nicht schlafen kannst.

Herrgott, ich hab einen Flipper, sagst du. Ich kann es einfach nicht glauben.

Hinterher sagten mir viele, dass es ein besonders schönes Fest gewesen sei. An jenem Abend war das Zimmer voller Wärme. Ich tat etwas, was ich mir sonst fast nie gestattete, ich führte uns vor. Ich zeigte unser Leben mit deiner Krankheit. Es war, wie es war. Du ruhtest dich aus, als du müde wurdest, und nahmst am allgemeinen Treiben teil, als du dich kräftig genug fühltest. Aber allzu müde wurdest du gar nicht. Seit langem hatte ich dich nicht so munter gesehen.

Ich glaube, an diesem Abend fühlte ich zum ersten und einzigen Mal, dass die Liebe tatsächlich den Tod besiegt.

Weihnachten. Wir haben Elaine, Laudelina, meine Mutter und Benjamin zu uns eingeladen. Dadurch habe ich tausend Dinge, auf die ich mich konzentrieren muss. Ich backe, koche und schmücke die Wohnung weihnachtlich. Wir folgen in allem der Tradition. Gucken Donald Duck im Fernsehen, essen, verteilen Weihnachtsgeschenke. Kurz vor dem Einschlafen sagst du: Dies war das schönste Weihnachten, das ich je erlebt habe.

Meine eigene Freude rührt inzwischen vor allem daher, dass ich dich froh mache.

Ich träume immer noch, dass ich von einem alten Mann vergewaltigt werde. Und ich träume, dass ich einen Tierkadaver über eine Sommerwiese schleppe. Oder ich träume von Autounfällen.

Wir fahren nach Gotland. Es ist deine letzte Reise dorthin.

Alle freuen sich so sehr über unsere Verlobung. Unter den Weihnachtsgeschenken befinden sich auch ein paar Verlobungsgeschenke.

Voller Stolz teilst du mit, dass du im Dom von Visby einen Termin für unsere Hochzeit gebucht hast – den neunten August.

Unsere unmögliche Hochzeit. Vielleicht wussten wir schon damals, dass sie unmöglich war, aber wir konnten es nicht lassen, sie uns immer wieder auszumalen, Pläne zu schmieden.

Du schläfst auf dem Fernsehsofa, während ich durch das verschneite, menschenleere Visby wandere. Es ist lange her, seit ich einfach weggehen und nach Belieben wieder heimkommen konnte.

In meinem Walkman höre ich Hedningarna. Ich habe ein rosengemustertes Notizbuch gekauft, in das ich später unsere Geschichte aufschreiben werde. Jetzt sitze ich im Café und trinke kübelweise Kaffee, schreibe Tagebuch und denke an Dinge, die ich gern habe – einen Knoblauchzopf, ein Bild von Frida Kahlo, eine Rose. Hartnäckig hefte ich meinen Blick auf das Kleine.

Nachts. Stundenlang liege ich wach und verhandle ohne Erfolg mit dem Schlaf. Wer bin ich?, flüstere ich dir zu.

Eine einundzwanzig Jahre alte Pflegerin.

Was noch?

Du hältst mich fest, streichelst meinen Rücken. Du sagst: Ohne dich würde ich jetzt nicht mehr leben.

Ich weine vor Erschöpfung.

Diese verfluchte Müdigkeit, die mich wie eine feuchte Wolke einhüllt und das Leben ringsum ausradiert. Ständig habe ich das Gefühl, irgendetwas vergessen zu haben. War da nicht noch ein Telefongespräch, müsste ich nicht einen Brief schreiben ... Ich kann mich nicht daran erinnern, was ich vor ein paar Tagen getan habe, und weiß nicht, wen ich getroffen habe oder wo ich gewesen bin.

JANUAR UND FEBRUAR 1994

Stockholm. Silvester bei meinem Vater.

Du bist immer noch schön, bist immer noch ein Mann, bei dessen Eintreten ins Zimmer alle aufsehen. Du erweckst immer noch den Anschein von Kraft. Dein kahler Kopf, dein gerader Rücken, deine großen Gesten. Dein Schmuck, deine Narben.

Du trägst sie voller Stolz, wie Rebecka sagt.

Aber jemand anders sagt zu mir: Jetzt sehe ich, dass er krank ist.

Ich weiß nicht, wie ich mich verhalten soll. Im Umgang mit anderen Menschen fühle ich mich wie ein Analphabet. Überall lauern Fallen. Was soll ich antworten, wenn man mich fragt, was ich mache? Oft antworte ich mit der Wahrheit. Dann wird derjenige, der mich gefragt hat, verlegen und unsicher, und ich fühle mich ausgeliefert. Ich weiß nicht, wie viel ich erzählen soll, wie viel die richtige Dosierung ist.

Wir sitzen in der Kneipe und wir sprechen über den Tod.

Du willst wissen, ob ich viel daran denke.

Ich beschreibe dir meine Beobachtung, dass ich allmählich von dir Abschied nehme, mich langsam von dir zurückziehe. Das gefällt mir nicht, aber ich kann nichts dagegen tun.

Du überlegst, was aus uns, deiner Familie werden wird. Was dich betrifft, genügt keine Phantasie, um es sich auszumalen.

Ich wage dir zu erzählen, dass ich mich schon gefragt habe, ob ich je wieder mit einem anderen Mann zusammen sein kann.

Mit plötzlich uralten Augen siehst du mich an und sagst: Das verstehe ich, das ist etwas, worüber du nachdenken musst.

Inzwischen geht es dir so gut, dass ich es riskieren kann, außer der Therapie noch eine weitere Aktivität pro Woche einzuplanen. Ich fange einen Tai-Chi-Kurs an und genieße es, mich wieder zu bewegen. Die Arbeit mit meinem Körper bietet auch einen ganz konkreten Trost: Gleichgewicht oder kein Gleichgewicht, eine exakte oder eine nachlässige Bewegung. Das ist kontrollierbar. Außerdem mache ich morgens Gymnastik und stelle mir vor, dass ich sehr stark werde, so stark, dass ich einfach alles aufheben und tragen kann.

Als ich eines Tages nach Hause komme, finde ich dich in Tränen aufgelöst auf dem Sofa. Du hast die Videoaufnahme eines Theaterstücks angeschaut, das von der Beziehung einer Frau zu ihrem Vater handelte.

Ich habe keinen Vater, schluchzt du in meinen Armen.

Ich drücke dich an mich, mache Tee und bringe Papiertaschentücher.

Allmählich hörst du auf zu weinen, isst eine Kleinigkeit und sagst ein weiteres Mal, dass du das hier ohne mich niemals schaffen würdest.

Aber dennoch fängt jetzt die große Verlassenheit in dir zu schmerzen an.

Nach und nach geht dir auf, dass niemand dir helfen kann, mit dieser Sache fertig zu werden. Gar niemand.

Eines Morgens ruft dein Arzt an und teilt mit, du hättest einen Tumor im Kleinhirn. Es ist unklar, wann er entdeckt wurde. Das Telefongespräch ist sehr kurz. Ich verstehe, sagst du, und dann vereinbart ihr einen Termin, um die Behandlung zu besprechen.

Aha, sagen wir zueinander. Du wüsstest gern, wann der Tumor entdeckt wurde und warum du das nicht früher erfahren hast. Bürokratische Schlamperei, mutmaßen wir. Über deine Krankheit machen wir keine weitere Bemerkung, alle Reaktionen darauf sind erschöpft. Schweigend frühstücken wir und putzen dann die Zähne.

Es nimmt kein Ende, denke ich, du lieber Gott, es nimmt überhaupt kein Ende. Das war wie ein Todesurteil – schon wieder.

Wie reagiert man auf ein zweites Todesurteil?

Später am Tag sitze ich mit Irène im Café Kanel bei einer Tasse Kaffee. Ich spreche über das, was der Arzt uns mitgeteilt hat. Mit ihren ruhigen Fragen hilft Irène mir, wahre Worte für das, was sich abspielt, zu finden.

Ein alter Freund taucht mit seiner neuen Freundin auf. Er erkundigt sich danach, wie es dir geht. Ich antworte, dass ich es nicht schaffe, darüber zu sprechen.

Auf dem Heimweg bin ich sehr stolz auf mich. Ich habe es gewagt, nur so viel zu sagen, wie ich wollte, und trotzdem hat es keine Katastrophe gegeben. Allmählich kriege ich Übung darin, Grenzen um meine Person und das, was ich erlebe, zu ziehen.

Ich suche nach einer Möglichkeit, mich erholen zu können.

Von dem, was dich so müde macht, kannst du dich nicht erholen, sagt mein Vater. Du kannst dich nicht von deiner Lebenssituation erholen.

Du bist meine Lebenssituation. Aber ich muss mich wenigstens für ein paar Tage von dir entfernen, das spüre ich.

Wir fahren nach Göteborg. Während du bei Laudelina wohnst und mit ihr und Elaine zusammen bist, wohne ich bei Anna.

Ich streife durch Göteborg und fülle Annas Wohnung mit Blumen, Wein und Schokolade.

Wir reden pausenlos, über unser Leben und übers Theater, über tausend Projekte, die wir verwirklichen wollen.

Ich besuche Theatervorstellungen, begleite Anna einen Tag lang in die Schauspielschule und schaue dem Unterricht zu.

Abends treffe ich meine Cousins Tobias und Andreas, trinke mit ihnen Bier und wärme alte Erinnerungen an die Sommer unserer Kindheit auf.

Es ist, als würde ich einen Teil meiner Person wieder entdecken. Da ist eine, die kann unter Menschen sein, eine, die Gedanken und Ideen hat. Ich mag sie.

Wir telefonieren jeden Tag. Du berichtest von deiner großen Müdigkeit, deiner Familie und davon, dass ihr Scrabble spielt.

Du sagst, Liebling, ich muss dringend deine Stimme hören. Ich liebe dich.

Im Zug nach Stockholm sprechen wir über deine Familie. Du hast das Gefühl, als hättet ihr jetzt erst angefangen, miteinander zu reden. Du erzählst von euren Diskussionen und erklärst, dass du die Seiten bei Laudelina, über die du dich manchmal aufregst, auch bei dir selbst wieder erkennst. Dir ist es noch nie so wichtig gewesen wie jetzt, dich mit deiner Mutter zu unterhalten. Hartnäckig versuchst du alle Hindernisse schleunigst aus dem Weg zu räumen, die eurer Kommunikation im Wege stehen. Draußen vor dem Fenster rasen Äcker und Wiesen vorbei. Wir halten uns an den Händen und reden und reden.

Ich werde mich daran erinnern, dass du mich auf dieser Zugreise zum letzten Mal wirklich gesehen hast und zum letzten Mal die Kraft hattest, dich mir mit deiner ganzen Person zuzuwenden.

Wir treffen deinen Arzt. Seiner Ansicht nach habe dein Kopf inzwischen so viel Bestrahlung abgekriegt, wie man überhaupt verkraften kann, aber dennoch gebe es keine andere Möglichkeit, als dir noch mehr zu verpassen. Er habe von Patienten gelesen, die ein paar Jahre nach der maximalen Strahlendosis noch weitere Behandlungen erhalten hätten und damit klargekommen seien. Jetzt wolle er so lange wie möglich warten und dich dann wieder bestrahlen lassen. Ich erkundige mich nach den Risiken. Er sagt, die Gefahr bestehe, dass das Kleinhirn eine Nekrose erleide.

Was ist das, eine Nekrose?, frage ich.

Es stirbt, erklärst du.

Und dann?, will ich wissen.

Dann stirbt man, sagst du.

Du fragst den Arzt, ob es nicht möglich sei, den Tumor zu operieren. Er antwortet, das hätten die Chirurgen für unmöglich erklärt.

Damit beginnt deine fruchtlose und immer intensivere Suche nach einem Chirurgen, der bereit ist, dich zu operieren.

Später erklärt mir dein Arzt am Telefon, dass die Hirnschäden, die nach zu viel Bestrahlung des Kopfes entstehen, sich erst nach ungefähr anderthalb Jahren einstellen und dann, sagt er, seist du aller Wahrscheinlichkeit nach tot.

MÄRZ 1994

Wir nehmen unsere Katzen und fahren zum Haus meines Vaters in Småland.

Der endlose, tief verschneite Wald heißt uns willkommen.

Ich gehe in den Wald hinaus, folge dem einzigen Pfad, auf dem ich mich bestimmt nicht verirren kann. Als ich so zwischen den Baumstämmen einherwandere, birst etwas in mir. In der Stille ist es, als wäre ein Damm gebrochen. Erinnerungsbilder aus meinem Leben wirbeln vermischt mit Zukunftsträumen, Hoffnungen und Ängsten durch meinen Kopf.

Inzwischen ist deine Krankheit so groß geworden, dass sie alles überschattet. Eine Zuflucht vor ihr gibt es nirgends mehr und auch keine Möglichkeit, das, was geschieht, zu messen und zu überschauen. Dies ist größer als alles, was ich je erlebt habe, und macht meine Maßstäbe zunichte. So muss es sich anfühlen, wenn man verrückt wird, denke ich.

Dieses Monster verwandelt alles andere auch in Monster. Plötzlich werden Kindheitserinnerungen genauso erschreckend wie dein Tod. Ich selbst fühle mich auch wie ein Monster. Ich habe mich schrecklich benommen, überall, bei der Arbeit, bei Freunden und Verwandten.

Ich und was in mir und um mich herum ist – alles ist Furcht einflößend, groß und hässlich.

Nichts kann mehr klein sein.

Nichts kann einfach sein.

Jeden Tag, nur nicht während der schlimmsten Schneestürme, gehe ich in den Wald hinaus und wate durch den Schnee und mein Leben.

Ich lebe dicht neben dir, aber dennoch ganz allein.

Du verbringst fast den ganzen Tag schlafend auf dem Sofa oder siehst mit den Katzen auf dem Bauch in den Wald hinaus. Schweigend kehrst du dich nach innen. Du siehst mich mit abwesendem Blick an. Als wir zusammen duschen und ich meine Hände nach dir ausstrecke, ziehst du dich fast schüchtern zurück.

Ich muss an Tiere denken, die einen einsamen Platz im Wald aufsuchen, um dort zu sterben.

Ich schreibe oder lese, rolle mich auf dem Boden zusammen und höre Opernmusik. Oder ich lese Kochbücher, um dich mit Mahlzeiten, die ich stundenlang vorbereite, zum Essen zu verlocken. Aber du bringst nichts hinunter, lebst von Jogurt, Orangensaft und Wasser.

Alles, was du tust, musst du langsam tun, um dich nicht zu übergeben oder vor Schwindel umzukippen.

In mir existiert ein inneres Kino der Phantasie. Sooft ich kann, gehe ich dorthin. In diesem Kino richte ich ein zukünftiges Haus am Meer ein und kleide meine zukünftige Person neu ein. Ich lasse mich selbst arbeiten, sitze umgeben von Freunden in einem zukünftigen Garten und liebe fremde Männer.

Wenn ich dir gegenüber am Frühstückstisch sitze, kann es sein, dass ich gleichzeitig mit einem Glas Wein auf einem zukünftigen Sofa ausgestreckt liege.

Du rufst deinen Arzt an. Er teilt dir mit, dass der Tumor in deinem Gehirn schon vor mehreren Monaten entdeckt worden sei, durch Schlamperei habe er aber erst im Januar davon Kenntnis erhalten. Du fragst, wo das Versehen passiert sei. Er möchte wissen, ob du darauf erpicht seist, zu erfahren, wer ins Gefängnis gehört. Geduldig erklärst du ihm, dass du doch nur Hilfe haben möchtest.

Ich träume, dass ich aus einem Fenster falle und sterbe. Ich träume, dass ich einen Sohn habe, der ertrinkt und mir in einer Plastikplane überreicht wird. Ich träume von einem schwarzen Mann, der stirbt und als Gespenst wiederkehrt.

Wenn ich nicht schlafen kann, setze ich mich ins Arbeitszimmer und trinke Whisky. Wie soll ich es schaffen, hier und jetzt zu leben? Ich schäme mich für meine Zukunftsträume. Ich schäme mich für mein Entsetzen. Wie kann ich dir eine Stütze sein, wenn ich die ganze Zeit nur wünsche, dass alles anders wäre?

Ich liege im Bett und sehe deinen Rücken an. Ich sehe die Narbe an deinem Nacken, die Narbe zwischen deinen Schulterblättern, die Narbe an deinem Kreuz, wie eine ungenau markierte Grenze zwischen deiner rechten und deiner linken Hälfte. Dein Körper ist so fern.

Inzwischen wage ich dich nicht mehr wie früher zu liebkosen und zu küssen. Ich weiß nicht, was wir füreinander sind – Fremde oder Geschwister. Ohne unsere Lust fühle ich mich so einsam und verwirrt.

Ich weine und du wachst auf und umarmst mich. Du streichst mir übers Haar, streichelst meinen Rücken und legst meinen Kopf auf deine Brust.

Rechnest du damit, das hier zu überleben?, frage ich in die Dunkelheit hinaus.

Ich rechne mit gar nichts, erwiderst du.

Als ich vom Schnee draußen hereinkomme, liegst du auf dem Sofa und weinst.

Wir sprechen über unsere Hochzeit. Hauptsache, ich bin gesund genug, um aufrecht stehen zu können, sagst du.

Eines Abends lege ich eine Platte mit wilder afrikanischer Trommelmusik auf.

Komm her und tanze mit mir, rufe ich.

Schwankend erhebst du dich vom Sofa, versuchst deinen Körper leicht schaukeln zu lassen, hältst dich an meinen Schultern fest, hebst vorsichtig die Beine. Mit in die Ferne gerichtetem Blick tanzt du. Du tanzt und schwitzt und weinst.

Verflucht, ist das herrlich, rufst du, verflucht, ist das herrlich!

Wir kehren nach Stockholm zurück. Seit langem ist geplant, dass ich an der Pädagogischen Hochschule einen Theaterkurs mit Cirkus Tigerbrand halten soll. Das Programm liegt fertig auf meinem Schreibtisch. Seit Wochen freue ich mich darauf. Ich möchte so gerne arbeiten, möchte mich so gerne einer befriedigenden Herausforderung stellen. Du beschließt, während meiner Kurswoche zu Laudelina nach Göteborg zu fahren, und verabredest einen Termin mit dem Chirurgen am Sahlgren'schen Krankenhaus, der deinen ersten Gehirntumor operierte, in der Hoffnung, dass er bereit sein wird, auch diesmal zu operieren. Mit einem plötzlichen Energieschub sorgst du dafür, dass dein Krankenbericht nach Göteborg geschickt wird, beschaffst dir deine Fahrkarte und vergewisserst dich, dass du abgeholt wirst. Meine Mutter und ich begleiten dich mit Ameisenschritten zum Bahnhof. Kaum hast du im Zug Platz genommen, schläfst du schon ein.

Ich träume von einem Mann, der mich streichelt und eine Hülle von meinem Gesicht entfernt. Das ist, als würde man eine Praline vom Papier befreien, sagt er.

Das ist das Leben, sagen meine Freunde, als ich ihnen von dem Traum erzähle. Das ist das Leben!

Ich tauche in den Theaterkurs ein. So habe ich mich auch früher schon verhalten, habe alle meine Gefühle gesammelt und in die Arbeit hineingelenkt. Habe mich von der Arbeit verschlingen und sie an die Stelle des übrigen

Lebens treten lassen. Wenn ich unterrichte, bin ich ganz und gar anwesend. Trotz der Finsternis, die mich umgibt, macht es großen Spaß. Ich esse ordentlich und schlafe nachts wie ein Stein.

Am Telefon berichtest du, dass du vor allem schläfst. Du gehst nicht hinaus. Du kannst kaum essen oder trinken. Der Chirurg, mit dem du dich getroffen hast, will nicht operieren.

Jetzt müssen wir ins Ausland, erklärst du.

Ich tue, was du verlangst, rufe Botschaften an und bitte um Auskünfte über Kliniken und Ärzte.

Aber ich kann mir nicht vorstellen, wie wir einen Arzt finden sollen, der deinen Fall anders beurteilt.

Mit meiner Mutter bespreche ich das Brautkleid, das sie nähen soll. Aber ich will nicht, dass wir Schnittmuster und Stoff kaufen, denn ich kann mir nichts Traurigeres vorstellen als ein Brautkleid, das fertig daliegt, wenn du stirbst.

Dein Tod. Ganz allmählich wird er in mir zu einem Faktum.

Laudelina ist sehr beunruhigt, weil du so wenig Nahrung und Flüssigkeit zu dir nimmst. Bestimmt hat sie, die dich eine Zeit lang nicht gesehen hat, deutlicher als ich erkannt, wie schlecht es dir tatsächlich geht. Sie überredet dich in die Notaufnahme zu fahren, um dir eine Infusion geben zu lassen. Eine Nacht liegst du im Sahlgren'schen Krankenhaus, dann wirst du nach Stockholm ins Krankenhaus geflogen.

Die letzte Woche deines Lebens, mein Geliebter.

Ich sitze zwischen zwei und vier Stunden täglich bei dir. Die meiste Zeit schläfst du.

Du nimmst Medikamente gegen die Pilzinfektion im Hals, die das Cortison bewirkt hat, du nimmst Cortison, manchmal Tabletten gegen die Kopfschmerzen. Du hängst rund um die Uhr am Tropf. Inzwischen kannst du weder essen noch trinken.

Ich lese oder schlafe bei dir im Bett. Wenn du wach bist, willst du über Geld und Ärzte sprechen.

Eine Krankengymnastin zeigt dir, wie du dich bewegen musst, um dich nicht wund zu liegen.

Wenn ich in unserer Wohnung bin, rauche ich. Ich habe das Gefühl, dass du nicht mehr zurückkommst. Beim Fernsehen trinke ich Gin und Tonic. Ich betrinke mich. Manchmal in Gesellschaft, manchmal alleine. Eines Morgens wache ich in meinem eigenen Erbrochenen auf.

Das ist die Hölle.

Dein Arzt und der Stationsarzt setzen sich an dein Bett und teilen uns mit, was die letzten Röntgenaufnahmen gezeigt haben.

Das Kleinhirn ist von Tumoren umgeben.

Als hätte man einen Frotteesocken darüber gestreift, erklärt dein Arzt, als ich frage, wie es aussieht.

Dann ist da noch der Tumor, der im Kleinhirn wächst, an der Stelle, wo die Sehnerven sich kreuzen und ins Gehirn eintreten. Du hättest die Wahl, sagen sie, aber jetzt könne eigentlich nur noch Chemotherapie funktionieren.

Und dazu bist du zu schwach.

Ich will, dass du jetzt stirbst. Ich kann keine Zukunft mehr erkennen. Jeden Tag gehe ich ins Krankenhaus, aber es ist, als würde ich eine Rolle spielen. Als würde ich den Part der Freundin, die du gehabt hast, wiederholen, obwohl es bereits zu Ende ist. Wirst du noch etwas über Testament und Beerdigung sagen? Doch das tust du nicht, und ich bringe es nicht über mich, es zu erwähnen.

Wenn ich nicht davon überzeugt gewesen wäre, dass du mich brauchst, wäre ich lieber gestorben.

Dein Großvater Erik kommt mit seiner Laienspielgruppe nach Stockholm gereist. Wir haben uns im Kulturhaus verabredet. Gemeinsam kaufen wir Rosen. Ich versuche ihn darauf vorzubereiten, was er zu sehen bekommen wird. Das geht nicht, an deinem Bett bricht er in Tränen aus.

Das ist gut, Großvater, sagst du, man muss traurig sein dürfen.

Als ich mich von Erik verabschiede, denke ich, der arme Erik, die arme Elsie. Wie traurig, dass ihre Erwartungen nicht in Erfüllung gehen werden. Keine Hochzeit, keine Urenkel von uns.

Nur wenige von uns sehen dich in dieser Woche. Du bist zu schwach, um Besuche zu empfangen. Manchmal rufen deine Freunde an und bitten dich zurückzurufen. Doch das vergisst du oft, meistens ist dir das Sprechen auch zu anstrengend. Vielleicht wolltest du dich ihnen nicht so krank zeigen, vielleicht wolltest du ihnen nicht so in Erinnerung bleiben.

Du möchtest duschen. Ich trage dich auf meinem Rücken in den Duschraum.

Dein Körper ist der eines alten Mannes. Du bist sehr mager. Deine Haut hat mit der Gewichtsabnahme nicht Schritt halten können. Jetzt hängt sie beinahe weiß und faltig um deine Beine. Auf deinen Händen breiten sich Leberflecken aus. Dir ist sehr schwindlig und dein Kopf schmerzt heftig.

Ich wasche dich. Ich ziehe dir eine frische Unterhose an, ein T-Shirt, einen Pulli, lange Unterhosen, Socken. Du fühlst dich sehr kalt an.

Ich bette dich in frische Leintücher.

Du nimmst meinen Kopf zwischen deine Hände.

Wie steht es mit deinem Glauben?, fragst du.

Wenn ich dich jetzt sehe, antworte ich, kann ich nichts anderes sehen als das Ende.

Ich werde kämpfen, sagst du und schläfst ein.

Ich rufe deinen Arzt an. Ich muss ungefähr wissen, wie viel Zeit dir noch bleibt. Wenn ich mir vorstelle, dass es noch ein Jahr so weitergeht, werde ich verrückt, das weiß ich. Wie üblich rufe ich ihn an, bitte um Rückruf und warte auf das Gespräch.

Du seist ein ungewöhnlicher Patient, weil du die ganze Wahrheit über deinen Krankheitszustand wissen willst, sagt er. Aber wenn man deine Fragen beantworte, gerietest du leicht in Panik, also sei es schwierig zu wissen, wie viel man dir sagen solle. Er erklärt, dass die Chemotherapie, die sie dir geben wollen, so schwach dosiert sei, dass sie deinen Zustand weder verschlechtern noch verbessern werde. Mogelmedizin, um deine Angst zu dämpfen. Er könne nicht sagen, wie lange es noch dauern werde. Einen Tag oder ein Jahr, das wisse niemand.

Am Ende unseres Gesprächs bedanke ich mich bei ihm dafür, dass er sich die Zeit genommen hat und sage, dass ich ihn vielleicht wieder anrufen werde, wenn ich weitere Fragen habe.

Da sagt er: Eins musst du wissen, du kannst mich nicht einfach jederzeit anrufen und dann damit rechnen, dass ich so wie jetzt zurückrufe.

Um die Mittagszeit komme ich ins Krankenhaus.

Im Flur werde ich von einer Krankenschwester angesprochen.

Wie gut, dass du kommst, sagt sie. Wir versuchen schon den ganzen Tag, dich zu erreichen. Dann schildert sie, wie du seit ein paar Stunden zwischen wachem und bewusstlosem Zustand hin- und herpendelst. Vermutlich wirst du bald ganz in Bewusstlosigkeit versinken.

Ich gehe zu dir hinein.

Liebster, sage ich. Hmm, antwortest du mit geschlossenen Augen. Du liegst zusammengekauert unter der Decke. Als ich mich auf deine Bettkante setze, merke ich, dass dein Bett nass ist. Eine Krankenschwester setzt einen Katheter. Du scheinst uns nicht zu sehen, windest dich jedoch vor Unbehagen.

In einem kleinen Büroraum spreche ich mit dem Dienst habenden Arzt.

Der Arzt sagt, dass du nicht wieder aufwachen wirst. Aber wann du sterben wirst, das weiß immer noch niemand.

Ich habe so was noch nie gemacht, sage ich, was soll ich tun?

Bleib hier, antwortet der Arzt, bleib hier und benachrichtige die übrige Familie.

Ich rufe Laudelina an. Ich rufe Elaine an. Ich rufe die Angehörigen auf Gotland an. Ich rufe meine Mutter an.

Ich sitze bei dir. Du stöhnst. Plötzlich zählst du laut eins zwei drei siebenundfünfzig achtundfünfzig neunundfünfzig.

Liebling, rufst du, Liebling, Liebling.

Danach gibst du nur noch Stöhnen von dir.

Ich lege mich zu dir. Du ringst nach Atem. Manchmal schüttelt dich ein Krampf, der deine Arme nach oben wirft. Dann wieder befällt dich ein Schluckauf, der nachlässt, wenn ich deinen Brustkorb massiere. Es ist, als würde ich jetzt arbeiten, als würde ich dich auf dem letzten Stück Weg begleiten. Mein ganzes Ich ist nur bei dir.

Ich singe dir vor. Ich singe ein Lied, das mir schon die ganze Woche im Kopf geklungen hat.

Sigh no more, ladies, sigh no more;
Men were ever deceivers ever;
One foot in sea and one on shore,
To one thing constant never;
Then sigh not so,
But let them go,
And be you blithe and bonny:
converting all your sounds of woe
Into Hey nonny, nonny.

Ich singe und ich sehe dich an. Dein Atem wird ruhiger. Deine Krämpfe lassen nach. Ab und zu dringt ein Ton aus deiner Kehle.

Jetzt ist es da, das Gefühl, dass du alles für mich bist.

So wie du hier liegst, bist du mein Mann, mein Sohn, mein Vater. Alles gleichzeitig. Das Einzige, was etwas bedeutet, bist du.

Am äußersten Rand meines Gesichtsfelds sehe ich die anderen, Laudelina und Elaine, die hereinkommen und sich zu uns setzen.

In der Türöffnung meine Mutter, Suzanne und mein Vater, die auf dem Weg nach draußen sind. Mein Vater, der wieder hereinkommt und mitten im Zimmer stehen bleibt. Die Stimme meiner Mutter, die ungeduldig seinen Namen ruft.

Er sieht mich an, scheint voller widersprüchlicher Impulse zu sein. Vielleicht wünscht er, dass er das hier für mich tun könnte. Dann gehen sie, und jetzt sind es wir drei, die an deiner Seite wachen.

In dieser Nacht ist die Zeit so sonderbar. Unendlich in ihrem Schweigen. Die ganze Welt scheint zu schlafen, bis auf uns. Und immerzu das Gefühl, jetzt tust du deinen letzten Atemzug, nein jetzt, nein jetzt ...

Anfangs wagt keiner von uns das Zimmer zu verlassen. Doch mit der Zeit wechseln wir uns ab, holen Tee, rauchen und wandern im Flur auf und ab.

Wir umkreisen dich – eine im Sessel, eine auf dem Stuhl, eine auf dem Bett.

Mein Sohn stirbt, sagt Laudelina, ich habe noch nie jemand sterben sehen. Dies ist das erste Mal und dies ist mein Sohn.

Wir streicheln dich, wir halten deine Hände, wir sagen: Mama ist da, Pernilla ist da, Elaine ist da.

Ich habe noch nie ein Kind zur Welt gebracht, aber das hier fühlt sich an wie eine umgekehrte Entbindung, sage ich zu Laudelina.

Im Morgengrauen hocken wir alle drei auf dem Bett.

Wir unterhalten uns angeregt über alles Mögliche. Sprechen über dich. Erzählen einander Erinnerungen. Wie du als kleiner Junge deine Spielsachen auf der Straße verkauft hast; wie du Elaine deine Jeans ausgeliehen und ihr gedroht hast, ihr in die Nase zu kacken, falls sie sie schmutzig macht; wie du mit mir getanzt und mich in meinem Wohnzimmer verführt hast.

Unsere Gespräche halten uns wach. Wir lachen die Schmerzen in unseren Schultern einfach weg. Einen Moment lang strecken wir dem Tod die Zunge raus.

Am Vormittag kommt die Stationsärztin herein, setzt sich auf die Bettkante und erklärt, was in dir vor sich geht.

Der Druck der Tumoren bewirkt, dass deine Atemorgane langsam ihre Funktion aufgeben. Daher klingt es so, als falle dir das Atmen schwer, aber du hast keine Schmerzen.

Ich frage, ob irgendetwas uns zeigen wird, wann das Ende kommt.

Längere Pausen zwischen den Atemzügen, sagt sie, und ein unregelmäßiger Rhythmus. Das sei das Einzige.

Und es könne sich allerhöchstens um ein paar Tage handeln, vermutet sie.

Wir warten. Wir trinken Tee. Essen können wir nicht. Wir gehen abwechselnd zum Rauchen auf den Balkon. Ich sitze eine Weile mit Elaine in der Sonne und spreche mit ihr über deine Beerdigung. Wir nehmen uns vor, sie hell zu gestalten.

Auf einem alten klapprigen Kassettenrecorder spielen wir dir Robban Broberg vor. Als uns die Musik schließlich zu viel wird, sitzen wir still da, halten dich im Arm und flüstern dir eigene kleine Mitteilungen ins Ohr.

Ich denke: Liebster, lass jetzt einfach los, geh davon, das ist schon in Ordnung so.

Am Nachmittag bitte ich Elaine, die Ärztin zu holen und auch Laudelina, die im Raucherzimmer sitzt. Mir kommt es so vor, als würde er anders atmen, sage ich zur Ärztin. Stimmt das, oder bilde ich mir das nur ein? Es ist so, antwortet sie. Laudelina stoppt die Zeit zwischen deinen Atemzügen, die jetzt immer länger auf sich warten lassen. Stoßweise und unregelmäßig schnappst du nach Luft.

Du reckst den Nacken und saugst einen letzten röchelnden Atemzug ein. Wir legen unsere Hände auf deine Brust, deine Handgelenke, deinen Hals und fühlen, wie der Puls sachte verschwindet.

Ich stehe auf. Lasse mir kaltes Wasser über Gesicht und Hände laufen. Dann trete ich auf den Balkon hinaus, rauche und trinke Kaffee. Die Abendsonne scheint auf mich herab. In mir explodiert der Geschmack nach Kaffee und Tabak. Plötzlich fällt mir eine Reise nach Kenia ein, als ich aus der Nähe beobachtete, wie ein Löwe ein Wildschwein tötete und auffraß. Ich erinnere mich daran, wie stark und gegenwärtig ich das Leben empfand. Als wir in unserem Zelt Whisky tranken, schmeckte ich ihn mit dem ganzen Körper.

Hier in der Sonne auf dem Balkon ist mir jetzt, als hätte ich das Leben noch nie so stark in mir gefühlt. Als wir dich aus dem Leben geleiteten, hast du mich durch deinen Tod ins Leben zurückgeleitet. Vor Erleichterung ist mir schwindlig. Ich werde euphorisch.

Ich sitze an deinem Bett und sehe zu, wie die Schwestern deinen Körper waschen und ihm ein frisches Hemd anziehen. Ich sehe, wie sie dich umdrehen und dich säubern. Ich sehe, dass du tot bist. Wir legen eine Rose auf deinen Brustkorb und zünden eine Kerze auf dem Nachttisch an. Die Schwestern sagen, die Familie aus Gotland sei gekommen. Ich bitte sie, mir beim Zusammenpacken deiner Sachen zu helfen, mich eine Weile mit dir alleine zu lassen und mich dann durch einen Hintereingang rauszulassen. Im Augenblick will ich niemanden von deiner Familie sehen. Wenn ich gehe, will ich das letzte Bild von dir auf meiner Netzhaut mitnehmen.

Ich sitze an deiner Seite und sehe dich an. Das bist nicht du. Du bist jetzt in mir. Von jetzt an wirst du immer ein Teil von mir sein. Ich streife dir den Verlobungsring vom Finger. Dann nehme ich die Tasche mit deinen Sachen und fahre nach Hause.

Ich schaffe es gerade noch, David anzurufen.

Kannst du bitte herkommen?, frage ich.

Darf ich dich nachher anrufen, bin gerade mitten in einem Telefongespräch.

Nein, komm einfach her, so schnell du kannst.

Ich komme.

Dann schlägt die Panik über mir zusammen. Ich stelle mich unter die Dusche und versuche mit kochend heißem Wasser etwas schrecklich Schmutziges, Klebriges von meinem Körper abzuwaschen.

Als David kommt, sitze ich in der Dunkelheit und rauche.

Er nimmt mich in die Arme, bringt mich dazu, eine Kleinigkeit zu essen, hört zu und nimmt mich wieder in die Arme.

Ich sehe dich vor mir mit deinen Krämpfen und deinem Röcheln.

Ich höre deinen letzten Atemzug.

Automatisch schüttle ich den Kopf. Es ist, als würde dein Blick aus meinen aufgerissenen, nicht sehenden Augen starren. Unwillkürlich ringe ich die Hände. Den Verlobungsring habe ich abgezogen, und jetzt berührt die Hand immer wieder den nackten Finger.

Gleich darauf fühle ich mich wieder wie neugeboren, bin von Freiheit berauscht.

Mir ist, als würde ich auf einem schneeweißen Blatt Papier stehen, am Anfang der allerersten Linie. Von hier aus erscheint mir alles möglich.

Panik, Euphorie, Panik, Euphorie.

Am nächsten Tag, als ich allein auf unserem Sofa sitze, kommen die Tränen.

Die Müdigkeit steigt wie ein Meer in mir auf.

DANACH

Ich sortiere deine Kleider in Tragetaschen für die Heilsarmee. Dann organisiere ich die Beerdigung und kümmere mich um das Nachlassverzeichnis. Es ist, als wären das Seiten in einem Buch, die ich lesen muss, um ans Ende kommen zu können.

Ich ziehe für ein paar Wochen zu Irène. Entweder ich schlafe überhaupt nicht oder zu viel.

Entweder ich werfe mich im Bett hin und her, rauche und lese oder ich schlafe direkt auf dem Fußboden ein, um traumlos und lange zu schlafen.

Ich sehe viel fern, alle Programme, MTV, TV-shop, Seifenopern, Dokumentarfilme.

Ich lese meine Tagebücher durch, ab dem Zeitpunkt, als wir uns kennen lernten.

Ich fange an, unsere Geschichte aufzuschreiben.

Mit der Zunge fahre ich an der Innenseite der Wangen entlang.

An jeder Seite hatte ich eine Wunde – so sehr biss ich ein Jahr lang die Zähne zusammen. Inzwischen fühle ich dort nur noch kleine Hubbel.

Ob das wohl Narben sind?

Etwas mehr als ein Monat nach deinem Tod

Jemand fragt mich, ob ich einen festen Freund habe.

Ich habe gerade eine Verlobung hinter mir, antworte ich, aber darüber reden wir ein andermal.

Plötzlich fühle ich mich unerhört stolz.

Ich bestimme selbst, was ich erzählen will.

Ich bin ganz und gar ganz.

Ich habe überlebt.

Ich träume, dass du anrufst und fragst, warum ich nicht nach Hause kommen kann. Ich weine in den Telefonhörer hinein und sage, du weißt doch, dass das unmöglich ist.

Drei Monate nach deinem Tod

Ich sitze im Vorortszug unterwegs ins Filmstudio, wo ich bei Spielszenen Regie führe, die in eine Dokumentation über Allergien eingebaut werden sollen. Ich denke an meine Arbeit.

Peng – plötzlich ist es, als würde ich mit dem Fuß durchs Eis krachen.

Auf einmal bin ich die Allerkleinste auf der ganzen Welt.

Du fehlst mir so sehr, dass ich es kaum ertrage.

Jetzt will ich nach Hause.

Jetzt will ich, dass du mit allem, was unser war, zurückkommst.

Ich bin allein gewesen und habe mich allein durchgeschlagen.

Ich habe so viel verarbeitet, wie mir möglich war, habe meine Rechnungen bezahlt und gearbeitet. Ich habe die Prüfung bestanden.

Jetzt kannst du zurückkommen und meine Belohnung sein.

In meinem Kopf blitzen Rasierklingen auf, Tabletten werden zwischen meinen Zähnen zerkrümelt. Ich habe Angst. Ich weiß nicht, was das Leben von mir will. Ich weiß nicht, was ich vom Leben will.

Als ich zu schlafen versuche, kommen die Tränen.

Nein, nein, nein. Es schüttelt mich. Ich will aus dieser Haut rausklettern. Ich stehe am Fenster und falle in meiner Vorstellung auf den Asphalt hinunter.

Ich träume, dass ich mit zwei Freundinnen am Meeressaum entlanggehe. Wir fordern die Wellen heraus. Plötzlich retten sich die beiden anderen auf den Strand hinauf. Pass auf, rufen sie mir zu. Ich drehe mich um und eine ungeheure Welle wälzt sich über mich. Ich ertrinke. Ich wache auf, weil ich verzweifelt nach Luft schnappe.

Dreieinhalb Monate nach deinem Tod

Ich bin im Kino. Der Filmheld steht am Grab seiner Frau und spricht darüber, wie sehr er sie vermisst. Ich sitze in meinem Kinosessel und weine. Als ich das Kino verlasse, komme ich mir frei vor.

Wieso?, frage ich mich verwundert.

Auf dem Heimweg denke ich – natürlich! Es gibt eine Freiheit, die nicht auf Distanzierung beruht. Diese Erfahrung hat mich frei gemacht. Sie ist nicht zu groß für mich. Ich bin inzwischen größer geworden. Groß genug für das, was mein Ich ausmacht. Und klein genug.

Ich bin groß und klein.

Wie eine Decke, die mich umhüllt, empfinde ich zum ersten Mal, seit du krank geworden bist, Ruhe.

Vier Monate nach deinem Tod

Ich träume, dass ich mit einer Gruppe Menschen am Meer stehe. Ein Mann sagt zu mir: Das hier schaffst du nie. Ich drehe mich um. Auf mich kommt eine Welle zu, haushoch und unglaublich schön, grün, mit weißem Schaum. Ich fürchte mich, weiß aber, was ich tun muss. Lachend tauche ich durch sie hindurch.

Stockholm, 12. September 1994

Ich spreche zu der Erinnerung an dich, mein Geliebter.

Ich habe an deinem Grab gesessen, aber dort bist du nicht gegenwärtiger als anderswo. In mir lebst du unverändert stark weiter. Wenn ich über dich spreche, sehe ich dich ganz klar vor mir. Es macht mich froh und gleichzeitig traurig, mich an dich zu erinnern. Das, was mich schmerzt, ist das, was mich heilt.

Inzwischen bin ich ruhiger geworden, mein Freund. Nachts kann ich schlafen.

Vor einiger Zeit träumte ich, du seist zum Strand unterwegs. Ich wollte dich so gerne begleiten und rannte, um dich einzuholen. Doch du hattest einen anderen Weg genommen.